共识的必要

赵柏田 著

浙江文艺出版社
Zhejiang Literature & Art Publishing House

图书在版编目(CIP)数据

共识的必要 / 赵柏田著. -- 杭州：浙江文艺出版
社, 2025. 8. -- ISBN 978-7-5339-7998-0

Ⅰ. Ⅰ106-53

中国国家版本馆CIP数据核字第2025D7K997号

出版统筹	王晓乐	封面设计	吴 瑕
责任编辑	许龚燕	营销编辑	詹雯婷
责任校对	牟杨茜	数字编辑	姜梦冉 诸婧琦
责任印制	吴春娟		

共识的必要

赵柏田 著

出版发行 浙江文艺出版社
地　　址 杭州市环城北路177号
邮　　编 310003
电　　话 0571-85176953（总编办）
　　　　　0571-85152727（市场部）
制　　版 浙江新华图文制作有限公司
印　　刷 浙江新华印刷技术有限公司
开　　本 787毫米×1092毫米　1/32
字　　数 150千字
印　　张 9
插　　页 5
版　　次 2025年8月第1版
印　　次 2025年8月第1次印刷
书　　号 ISBN 978-7-5339-7998-0
定　　价 68.00元

目　录

林中小路

犹在镜中

怜悯与愤怒

钟　表

1910年6月2日是昆丁·康普生自杀的日子。这一天的早晨七点到八点之间，昆丁正式登场了。他从福克纳的《喧哗与骚动》里，从一个白痴的呓语里走出来，像一个哲学家一样开口说话了。

他在说时间，说他爷爷留下的那块表，当初他的父亲给他这块表的时候说："这只表是一切希望与欲望的陵墓。"

小说进行到这一章节，写的是一段混乱的独白和一次最后的散步。虽然自杀要等到这一大段的独白结束才降临，但昆丁的独白和他最后的散步已经预告了他的自杀。当他在这一天的早晨回忆并列举一个个印象——施里夫眠床的弹簧声，接着是他在地板上走过的沙沙声——的时候，他已经死了。像一个孤魂的昆丁游荡在坎布里奇，他看到查尔斯河流着，"有时越过种种阻碍物闪烁出微微的光芒，直向人们扑来，穿越过正午和午后的空气"，他看到桥的影子，一条条栏杆的影子和自己的影子都平躺在河面上。他听到了火车的声音，火车在空中那一动不动的海鸥（在昆丁眼里，它们像是被看不见的线牵着的玩偶）的下面疾驰而去，在一切之下疾驰而去，"好像它刚刚在别处度过了又一个月，又一个夏天"。河水、火车、街道两边移动的树木和别的景致，在这里都是流动的时间的征象，或者就是时间本身。

1939年，让-保罗·萨特运用他典雅的法国式鉴赏力，对福克纳的小说有一个极为出色的"敞篷车"的比喻：福克纳的小说，眼光总是往后看，人生就像是从疾驰的敞篷车后窗望出去的道路，可以看见，却在飞速后退，难以追及。在我们谈论到的这个小说里，无数的行动和思想片段都围绕着几个中心事件——凯蒂的被诱怀孕，班吉的被阉，昆丁的自杀——打着转，这个小说的情节没有发展，也没有任何来自未来的东西——"时钟愚蠢地转圈子报时"。每一个现代作家都在用自己的方式处理时间，或者割裂，或者并置，或者把时间作为一种局限性的机械的记忆，福克纳干脆把时间斩了首——去掉了时间的未来，于是昆丁那一大段混乱的独白只是一个亡灵的呓语，而班吉生下来就没有自己的时间，他在小说的开始说这人打了一下，另外那人也打了一下的时候已经注定要被驱赶到疯人院里。另外，小昆丁也不过是在重复凯蒂的命运。在普鲁斯特那里，复得的时间是一种解救，而福克纳的时间的性质与之相反，过去的时间像鬼影，像梦魇，缠住了每个人。它像硫酸一样腐蚀着人，使人找不到自己的属性。其荒唐有如莎士比亚悲剧《麦克白》中有名的台词："它（人生）是一个愚人所讲的故事，充满着喧哗和骚动，却找不到一点意义。"因此，时间是我们谈论的这部小说的主题：

> ……人者，无非是其不幸之总和而已。你以为有朝一日不幸会感到厌倦，可是到那时，时间又变成了你的不幸了……

蚂　蚁

　　19世纪初叶，一个古老的印第安人部落里，在为死去的头人举行安葬仪式前，被选中为头人殉葬的黑奴逃跑了，围绕逃跑和追捕组织起了一连串情节，这就是福克纳的短篇小说《殉葬》。

　　这是一个简洁、紧张的故事，阅读它有一种大雨欲来的沉闷和窒息感。小说中的黑奴，在死亡无形的鞭子的驱赶下，在刺人的黑暗中狂奔，尽管这为了生的奔跑最终被证明是荒谬的。

　　小说中有这样一个细节：傍晚，跑累了的黑人看见路上有一根圆木，他就在圆木后面躺了下来，木头上有一队蚂蚁，正列着队向另一头爬去，黑人就慢慢地捉蚂蚁来吃，"就像筵席上的客人在吃一道菜里的盐花生一样"。他慢条斯理地捉着吃，蚂蚁的队伍还是不散不乱，顺着木头向前爬，爬向它们还浑然不知的厄运。

　　这个细节让人强烈感受到福克纳的怜悯之心。这种怜悯是针对故事里的黑奴的，但它又超越了故事本身。逃跑的黑奴在路上捉蚂蚁吃，他和蚂蚁的前头，一样都是浑然不知的厄运。福克纳在这里传出了他对世界的絮絮细语。

福克纳笔下的绝大多数人物，都生存在这样一种梦境中，"在这里，你跑，却不能离开你无法相信的一种恐惧，你奔向一个安全的境地，对之你并无信心"。《我弥留之际》中的本德伦一家像迁徙的蚂蚁一样搬运一具尸体，经历了洪水、大火和腐烂，仅仅是为了把它埋在杰弗生的墓地。同样，在组成"约克纳帕塔法世系"小说拱门之一的作品《没有被征服的》中，我们又看到了一队奔突的"蚁群"，被薛曼将军解放的奴隶盲目地沿着路向一条河走去，以为这就是他们的约旦河：

　　他们唱着歌，在马路上一边走着一边唱着，甚至都不往两边看。有两天的时间甚至尘土都沉淀不下来，因为那一整夜他们都仍在走着；我们坐着听他们的声音，第二天早晨马路上每隔几码就有一个老人，他们再也跟不上了，或者坐着或者躺着，有的甚至爬着，呼喊着叫别人帮忙，而另外的人——年轻力壮的人——并没有住脚，甚至并没有看他们。我想他们甚至没有听见或者看见他们。"我们去约旦，"他们告诉我，"我们去渡过约旦河。"

忍冬的气味

《喧哗与骚动》里，昆丁·康普生在自杀前最后的散步中邂逅了一个小女孩，那女孩像影子一样跟定了他，昆丁好几次想摆脱她没有成功。后来，昆丁塞给她一枚硬币后跑开了，他岔入了一条小巷，又走入了一条浅草丛生的小径，他来到一堵爬满了藤蔓和爬山虎之类的植物的墙边，突然想到了忍冬花的气味。

在他的意念中，南方阴雨的黄昏天，什么东西都混杂着忍冬的香味。就在这时，他想起了妹妹凯蒂小时候和一个男孩子接吻的往事，同时想起了在谷仓里自己曾经和一个邻家女孩娜塔丽有过的性游戏。我们注意到忍冬在福克纳的小说中出现的时候总带有性的意味。

白痴班吉的世界里，植物都没有自己的名字，他依恋火光、牧场（后来为了让昆丁上学卖掉了），还有姐姐凯蒂，在凯蒂还没有失身于达尔顿·艾密司之前，他喜欢她身上"一股树的香味"，然后到了凯蒂结婚那天（他的印象：凯蒂头发上插着花儿，披着条长长的白纱，像闪闪发亮的风儿），他哭了，因为他再也闻不到"树的香味"了。

在这里，忍冬的气味与一个少女的失贞神奇地连在了一起。

凯蒂失贞后，康普生先生家里乱了套，康普生太太拿了一方洒了樟脑水（用来醒脑）的手帕在哭泣，康普生先生决定让凯蒂去印第安纳州南部的一个疗养胜地换换环境，借以摆脱与达尔顿·艾密司的关系，而家人们正把空箱子从阁楼拖下来准备行装。昆丁发着高烧般的呓语中回忆了当时的场景，这是一个难读的长句子——"一张谴责的泪涟涟的脸一股樟脑味儿泪水味儿从灰蒙蒙的门外隐隐约约地不断传来一阵阵嘤嘤的啜泣声也传来灰色的忍冬的香味"。

南　方

"告诉我一些南方的事吧。"昆丁·康普生在哈佛大学同住一个宿舍的施里夫说。他是一个加拿大人，对俄亥俄河以南那个神秘地区的事很感兴趣。他想知道他们在那儿干些什么，他们为什么住在那儿，他们活着有什么意义。

昆丁的回答有点像福克纳本人的口气——你不能理解的，你得在那儿生活才行。

在施里夫的要求下，他还是讲了一个故事，一个发生在边远的南方的漫长而骇人听闻的故事（《押沙龙，押沙龙！》）。这个关于萨德本家族以及南方的荒诞故事说的是人类历史如何一再地犯错误，以致痛苦连绵不绝，使人领会到世间运动着的事物"黑暗而又简单的事实"。故事结束时，那幢注定要遭到毁灭的大宅遇到了火灾，有如一场净化的仪式，这是现代小说中最具悲剧性的一个场景。

现在，当我们读着这个故事时，可能会理解南方的衰落所包含的含义，萨德本庄园衰败的门廊和剥蚀的墙壁的阴影是一把钥匙，可以由此打开背后的秘密。血缘、种族、乱伦、谋杀、大火中倾塌的房屋……所有的一切很像是一个哥特式的传奇故事，但事实上这是一个关于南方历史的悲惨寓言。福克纳通过描绘这块并不存在的土地——约克纳帕塔法县——有一万五千六百零十一个居民，散居在二千四百平方英里的土地上——达到了小说所能企及的最高的高度。

故事有一种奇特的调子，不断重复的段落使得它像一篇让人透不过气来的咒文，以至昆丁在讲述它的时候激动得打着战，加拿大同学听完了这个故事，说："现在我只需要你再告诉我一件事。你为什么恨南方？"昆丁马上急急忙忙道："我不恨它！我不恨它！"这显然也是福克纳自己的声音。在他眼中，南方固然是走向衰亡的旧秩序，但它同时也是勇敢、荣誉、骄傲、怜悯、爱正义、爱自由和道义的化身。福克纳的小说不仅仅是南方的传奇，更是关于人类的苦难和问题的传奇，昆丁的南方，实际上就是我们居住的世界。

怜悯与愤怒

终其一生，福克纳试图寻找到一条途径，一条缓释自身与现实紧张关系的途径。这是一个内心经常感受到紧张和恐惧的作家，也正是因此，他告诫自己：最卑劣的情操莫过于恐惧，要永远忘掉恐惧。

他的心老是紧绷着，像一根拉紧的弓弦。在诺贝尔文学奖的受奖演说中，他这样强调他的"约克纳帕塔法世系"小说的主题：人类内心的冲突问题。他认为，只有这种内心冲突才值得写，值得为之痛苦和烦恼，去孕育出佳作。

在福克纳眼里，短篇小说是一个任意选定的瞬间的结晶。在这一时刻，"一个人物与另一个人物，与他的周围环境或与他自己发生冲突"。在著名的打猎故事《熊》里，福克纳让我们看到了那只在荒野上修炼成精的大熊"老班"和追逐它的印第安老猎手山姆·法泽斯之间的冲突，那其实是人与自然的冲突。

福克纳对森林和猎人有着神奇的想象：少年艾克和山姆一起走在荒野里，"方才暂时对他开放的荒野又在他身后合拢了，森林在他前进之前开放，在他前进之后关闭"，而那只烟色的公鹿，"由于飞奔身子变长了"。山姆·法泽斯追逐着"老班"，每年11月，他和猎手们一起走进大森林等候大熊的到来。在少年艾克看来，与其说他们是去猎熊和鹿，倒不如说他们是去拜访，"去参加一年一度向顽强的、不死的老熊表示敬意的庄严仪式"。而大熊也一年一次来到荒野，它来是要把别的小熊赶走，告诉它们快快躲开，是要看看新到营地的都是些谁，他们打枪的本事行不行，能不能适应这里的生活。在这个远离文明世界的荒野里，大熊简直成了森林之神的化身。这是体力、智力和耐性的较量，无休止的等候、追逐和对峙中，人变得高贵了，有了大自然所要求的怜悯、勇气、谦逊、仁爱和牺牲精神，于是我们看到，少年艾克在山姆的指点下，孤身一人走进森林，把来自文明世界的枪、表和指南针挂在了一棵树上，"把自己的一切都舍弃给荒野"，然后，在一棵大树底下，他和大熊相遇了，他看着熊，熊也看着他（森林之神默认他已成了一个真正的猎人）。最后，熊消失了，"一动不动地重新隐没到荒野里去"，艾克发现，熊"就像他见过的一条鱼，一条硕大的老鲈鱼，连鳍都不摇一摇就悄然没入了池塘幽暗的深处"。

这个打猎故事的结局，是猎手和猎物同归于尽。大熊死了，它血肉模糊的尸体旁是那只叫"狮子"的猎狗，失去了可以较量的对手，山姆·法泽斯也很快离开了人世。小说的结束，是成年后的艾克进入森林为他精神上的导师山姆扫墓。这时的大自然已面目全非，伐木场修起来了，小火车也开进了森林深处，它仿佛是"用爬行速度前进的""一架发狂的玩具"，"把一小口一小口复仇的、费了好大劲儿才吐出的废气，喷到亘古以来就存在的林木的脸面上去"。机械时代的铁臂把人类昔日的荣耀一下子就抹去了。

《殉葬》的冲突是什么呢？人与风俗，还是生与死？随着故事展开，死亡的气息越来越浓重，然后出现了我们前面说到过的蚂蚁，它们出现在黑人逃跑的途中是有其意义的，正是这个细节传达出了福克纳对这个世界，对人类命运的深深的怜悯。它一笔带过，但足以打动人心，这个细节告诉了我们什么是短篇小说真正的魅力。

1949年，福克纳穿着一件借来的西服，站在斯德哥尔摩的讲坛上时，是这样说的：任何一个时代的写作者，都不能失去人类亘古至今心灵深处的真情实感，不能失去爱、荣誉、同情、自豪、怜悯之心和牺牲精神。在同样优秀的《沃许》（这个小说后来几乎没做改动移植进了结构庞大的长篇小说《押沙龙，押沙龙!》）里，福克纳的这种怜悯转化成了愤怒。

尽管他一直在小心翼翼地寻找一条较为温和的路子，描写"中间状态"的事物，让高尚者和卑劣者在他的小说里共存，但在《沃许》这个小说里，他就像沃许·琼斯放火烧掉房子一样烧掉了邪恶。对弱者的深切怜悯使福克纳成了一个愤怒的作家。沃许一直崇拜着庄园主塞德潘上校，忠心耿耿，唯命是从，当他发现上校对自己的孙女弥丽别有所图时，他还是坚信上校能把一切事情都处理好。后来，孙女生下了一个女儿，他还是感到由衷的高兴，因为上校以他六十岁的高龄让弥丽怀孕，再次证明了他的与众不同。但出乎他意料的是，上校对产后的弥丽十分冷淡，他大清早起来是为了看产下了小马驹的母马，而不是弥丽母女。他残忍地对弥丽说："真可惜你不是匹母马，要不然的话，我就能分给你一间挺像样的马棚了。"正是这番话让沃许对上校的崇拜烟消云散，摧毁了他的精神支柱，他杀死了他追随了几十年的"英雄"。

警察到来了，喊他出来。"我在这儿，"沃许从窗口平静地说，"是您吗，少校？""出来。""是啦，"他平静地说，"我先安置一下我的外孙女。"他平静地杀死了弥丽和她的女儿，放火烧掉了房子。小说的结尾，是"干瘦、狂怒"的沃许举着大镰刀，在烈火和强光的映衬下向人们扑去——"他高举镰刀，向他们，向那些圆睁的马的眼睛，向那些晃动的枪筒的闪光劈来，没有喊叫，没有声音"。沃许最后的一扑，是这个短篇最光辉的一个瞬间。他反抗了，那是因为他不能忍受长时间的欺骗，他用这个冲向死亡的动作找回了自己的尊严。这种愤怒，福克纳在他听闻加缪因车祸丧生的噩耗时写下的一篇短文中已有所表露，那就是："意识到自己的生命、自己的反抗、自己的自由。"

《殉葬》中还有一个细节耐人寻味：陪葬的黑人在临死前要求吃一点东西，人们把食物拿来，看着他吃，可是那些嚼得半烂的东西都从嘴角边退了出来，顺着下巴落到了胸口；后来，他又要求喝水，可是人们只看到他的喉咙咕噜咕噜在动，水却全都落在他结满泥巴的胸脯上，落在了地上。在吃东西、在喝水的那个黑人其实已经死了。福克纳的这句话被一连串的动作湮灭了——"问题似乎出在心里，是因为心里断绝了希望"。

怜悯、愤怒，在和现实的紧张关系间，它们不可避免地发生了，但更要紧的，是不要失去希望，因为正是希望悄悄摸索、行走在我们生活的周围，告诉我们为什么活着，告诉我们真正的道路是通向阳光和生命的那一条。在福克纳的早期作品《野棕榈》的结尾处，那个被判刑的主人公在考虑从虚无和悲哀之中选择其一时，他说他宁愿要悲哀。即使在与现实的紧张关系之间感到悲哀，也比什么都没有强。因为，虚无是心的寂灭。

约克纳帕塔法

福克纳曾做过一个关于舍伍德·安德森的梦，他把这个梦说成一个真正的"逸事或寓言"。在梦中，他看见安德森牵着一匹马，沿着几英里长的乡村道路走着，他准备将马交换，以换得一宿的睡眠。

在这个梦中，福克纳发现了舍伍德·安德森的人生逻辑：他希望用他得到的这个世界，去换得一个由想象产生的世界。这实际上也是福克纳自己的人生逻辑，他把那个想象的国度叫作约克纳帕塔法，"约克纳帕塔法县——威廉·福克纳为其唯一的拥有者和产业主"，他在自己画的一张地图下面这样写道。这片想象出来的土地同时也是一个具有自己的历史及其发展进程的地方，在这里，福克纳创造了自己的小说体系。

最初的时候，他还没有学会观察，他的才华还没有集中于他的感受力和想象力上，诗集《大理石牧神》的主题和技术，特别是其中的厌世情绪，更多是对19世纪末英国和法国唯美主义诗歌的模仿。若干年后，他把自己称作"一个失败的诗人"。那时，他已经发现了自己想象力的源泉：不是密西西比河边小镇的生活，也不是来自英国诗歌；既不在实在的大地，也不在想象的天空，而在于自身与现实之间的某种紧张状态。与此同时，他也在思考自己的处境和美国南方的没落。渐渐地，他的沉思演变成了一个完整的、内部互有关联的图景，这幅图景后来成了他一生中所有小说的主要内容。

一个人可以做一流的小说家，为什么还要做那种纽孔里插一朵小黄花的三流的唯美主义诗人呢？福克纳从诗歌到小说的转折或许与舍伍德·安德森的友谊有关，但更多的是与福克纳的经验、与他童年时听到的传说和故事有关。早期未完成的小说《亚伯拉罕父亲》里包含着福克纳"斯诺普斯家世小说"的萌芽，《沙多利斯》里他开始运用地区和家族的传说，而《喧哗与骚动》回溯了他早年的家庭结构和人生初年的回忆。当福克纳回复到口头叙事文学的传统时，也退回到了包括莎士比亚和塞万提斯在内的欧洲小说的传统，这种影响表现在：他开始有意识地探索想象力对生活所起的作用、语言的作用，以及自觉地寻找小说和现实之间的可能关系。从我们对他事业的观察来看，他对小说的理解显然是宽泛的，经验和传统的双重驱动，使他既是一个坚定的现实主义者，又是一个坚定的现代派。但即使他意识到小说是适合他的方式，他还是神往着诗歌，在他眼里，诗歌处理的事情是那样的"纯粹和深奥"——"诗歌处理的是普遍性的事物"，而小说家"处理的是自己的传统"。

进入福克纳的小说世界好像是一场疲惫的旅行。它就像是生活本身，你不仅仅观察它们，也在吸收它们、回忆它们，生活在它们里面。在这个世界里，人物的意识总是要落后于行动，我们看着他们几乎盲目地动来动去，好半天才会发现小说家真正的意图。还有一些人物出场了好久，才会被我们发现，我们不禁会埋怨小说家为什么事先不做一个交代。福克纳在小说里流露的对读者的古怪态度（冷漠、轻微的不信任感）使我们怀疑他是不是在为读者写故事，从小说里显露出的作者的面孔，有时更像一个沉浸在想象的世界里自说自话的孩子。他固执、自信，对故事的去向和人物的来去成竹在胸，这或许只是因为，他所有的小说就是一个小说，他的每本书都是同一个生命图景的一个部分。

《没有被征服的》是进入其生命图景的一条通道，这不仅是因为这组小说中故事发生的时间最早，更因为这是他所有作品中戏剧性冲突的中心。冲突的一方是沙多里斯一家，另一方是入侵的北军和形形色色的同盟者（评论家奥康奈把这种冲突纳入人道主义和兽性冲突的模式）。从情节来看，这是一个家庭和地区卷入战争和战后遭受余殃的故事，但实质上，这是一个成长小说。

这种成长模式延续到了《熊》里。小说《熊》叙述的是男孩艾克在开化的文明世界和未遭破坏的混沌世界的边界上如何长大成人的故事。时间的流逝是这个故事的精神实质，主人公艾克的年龄是小说结构的主要因素，森林和荒野是小说主要情节的背景，枪和火车的意象贯穿整个故事，是统一全局的主题。这是福克纳进入光明世界的首次尝试，相较于"一个疯狂与仇恨的忧郁的故事"《喧哗与骚动》，带有强烈戏谑精神的关于一个家庭瓦解的故事《我弥留之际》，在小说中寻找狂暴形象以表达愤怒的《圣殿》，福克纳后期的小说似乎是另一个人写的，弥漫在作品中的那种绝望和愤怒被对人类的深深怜悯所代替，他开始正面描写人的天性，以及道德世界中积极的力量如何击败邪恶，这或许是他在"人是不朽的"这一信念下的坚定实践。他记录了人类昔日的荣耀，也提醒人们记住人之为人的所有这一切——"勇气、荣誉、希望、自豪、同情、怜悯之心和牺牲精神"。

阅读链接

〔美〕威廉·福克纳著，李文俊译：《喧哗与骚动》，上海译文出版社，2004年。

〔美〕威廉·福克纳著，李文俊译：《我弥留之际》，上海译文出版社，2004年。

〔美〕威廉·福克纳著，王义国译：《没有被征服的》，北京燕山出版社，2015年。

〔美〕威廉·福克纳著，李文俊译：《押沙龙，押沙龙!》，上海译文出版社，2010年。

〔美〕威廉·福克纳著，李文俊译：《去吧，摩西》，上海译文出版社，2004年。

〔美〕威廉·福克纳著，陶洁编：《献给爱米丽的一朵玫瑰花：福克纳短篇小说集》，译林出版社，2001年。

〔法〕让-保罗·萨特著，施康强选译：《萨特文论选》，人民文学出版社，1991年。

地中海的阳光

反 抗

加缪文字的穿透力，让人联想到他笔下地中海沿岸蒂巴萨夏日耀眼的阳光。那是一个用作品不断对现实世界做出反抗的大师，他的风格是蕴含着人的尊严和骄傲的两个字：反抗。有谁敢像他一样说：小说的本质就在于永远纠正现实世界？

鼠疫扑向奥兰孤城时，为找回失去的幸福，人们挣扎着，抵御威胁着自己的瘟神的奴役，二百多页的小说行进到三分之一时，加缪式的哲学像一支交响乐的主声部，开始通过叙述人呈现，这种糅合了个人生存经验的哲学，用一句话陈述，即存在就是反抗。加缪在1957年诺贝尔文学奖的获奖致辞中把这种反抗视为作家这一职业的责任：不能迁就谎言和奴役，要为真理和自由服务。

朗贝尔一直在做着个人化的斗争和反抗，这种斗争和反抗是为了个体的幸福。朗贝尔是名记者，因为一次偶然，被困在了奥兰城，被迫和恋人分离。他一直有种错觉，以为在鼠疫面前自己仍是自由的，可以自行做出抉择，事实上他忽略了，当灾难的阴影笼罩一切，个人的命运已不存在，有的只是集体的遭遇。为了不被鼠疫的魔爪捉住，朗贝尔想尽办法出城，当通过合法手段出城已无望时，他就另寻出路，他甚至找到了一个秘密偷渡的地下组织。但朗贝尔好像走入了一个迷宫，他像卡夫卡小说中的灰色人物一样永远接近不了目标。在和里厄医生的一次谈话中，他坦言自己不是个怕冒危险的人，"我没有和你们一起工作，有我的理由"。朗贝尔在这里说的理由就是爱情，是他个人的幸福。他把里厄他们的行动称作"为理想而死"的英雄主义行径，而他感兴趣的只是"为爱之物而生，为爱之物而死"。他和里厄有过一次关于"人是不是一种概念"的争论，他面红耳赤地反驳里厄——

人是一种概念，不过，一旦脱离了爱情，人就成为一种为时极短的概念，而现在正好我们不能再爱了，那么，医生，让我们安心忍耐吧。让我们等着能爱的时刻到来；如果真的没有可能，那就等待大家都得到自由的时候，不必去装什么英雄。

这是朗贝尔式的反抗，它是内在的、个体化的，是由一己推及万有的。与之对照的是里厄式的反抗：实事求是，"同鼠疫作斗争的唯一办法就是实事求是。"——当朗贝尔问及这个词的意思时，医生说："我不知道它的普遍意义。但是就我而言，我知道它的意思是做好我的本分工作。"里厄相信（他是小说的叙述者，在某种程度上他传达了加缪的声音），梦幻因人而异，而共处的现实则是把大家团结起来的东西，这个现实就是灾难和罪恶的降临。

《局外人》里，反抗的声音是通过少年默尔索之口发出的。由于小说使用了第一人称，加缪个人的心愿在这里愈加显露无遗。表面上，默尔索是一个以无动于衷的眼光打量世界包括自己的人，事实上他只是坚持了一个常识：拒绝对众所周知的事情撒谎。这种常识在人群中是一直被遮蔽的，于是默尔索只有以死来成全这个充满奴性的世界。他以对死亡的漠然——"我还希望处决我的那一天有很多人来观看，希望他们对我报以仇恨的喊叫声"——继续着他的反抗。

选　择

小说家在故事的交叉小径和语词的密林中选择，小说中的人物在命运的岔路口选择。每一次选择都指向新的方向。

因此，小说就是选择，选择人物、事件、环境，选择时间和空间的处理方式，选择风格，选择词语，选择故事的行进方向和最终所要说出的东西。进入小说的一个横断面就像是弗罗斯特在雪夜林边驻步，看小说家在无限多的可能性中如何只取其一。

小说中的人物面临选择时，加缪内心的图像显露了，《鼠疫》中，他让朗贝尔在追求个人幸福和承担他人不幸之间选择，这也是加缪对自己信念的一次考验。里厄医生没有阻止朗贝尔用非常手段离开奥兰城去追求自己的幸福，他坦白承认，他在这件事情上没有能力去判断什么是好的，什么是不好的。这是加缪一以贯之的人道主义的立场：追求个人的幸福无可非议。

小说写到这里变成了一篇冗长的哲学讨论，朗贝尔的声音、里厄医生的声音和塔鲁的声音交杂在一起，表明了他们在这个问题上各自所取的方向。这场争论在结束时，多个声部趋向一致，朗贝尔把自己放进了他所置身的人群中（在这之前他一直把自己看作一个外地人，跟城里的人们、跟这场突如其来的灾难毫无关系）。

"但是现在我见到了我所见的事，我懂得，不管我愿意或者不愿意，我是这城里的人了，这件事跟我们大家都有关系。"他留了下来，分担他人的不幸使他最终放弃了追求个体的幸福。他走进了他以前一直小心翼翼保持着距离的圣徒和英雄的行列，朗贝尔成了一个隔离病房的临时负责人。按理说，里厄医生应该高兴才对，但朗贝尔的诘问——"你们自己作出了选择没有？你们是不是也放弃了幸福？"——却让他沉默了。他明白，世界上没有任何事物是值得人们为之舍弃自己的所爱的。

追求个体的幸福当然是道德的，分担他人的不幸更是高尚的行为，问题是如果后者要以前者的牺牲为条件，那么两者之间择谁而事才是真正的道德？加缪把这个问题推到了作为读者的我们面前。在小说和记事中，加缪流露的意愿是，他要成为一个现实主义者。

他鄙薄为艺术而艺术，在他看来这是在推开现实的同时装作不知道这个世界还有罪恶，而成为一个现实主义者就首先要有勇气承认人之不幸并勇于承担。加缪不同于19世纪养育的现实主义作家的地方就在于他在小说中加入了自己的原则。

他选择了大海、雨、需求、欲望、与死亡的斗争，因为那是把我们大家团结起来的东西。他可以让默尔索轻易地撒谎，可以让朗贝尔最终离开这座城，但他没有这样做。他通过默尔索、里厄和朗贝尔的选择传达出了自己的选择。

葬　礼

加缪对葬礼有某种兴趣，至少是文学上的兴趣。这种兴趣在《局外人》《堕落》《蒂巴萨的婚礼》和其他一些叙事性作品中都可以见到。"今天，妈妈死了。也许是昨天，我不知道。"就这几个字，定下了《局外人》的叙事调子。"《局外人》完稿。"1940年5月，加缪在手记中漫不经心地写道。

那年他二十七岁，住在巴黎这个冷漠而又灰蒙蒙的城市里，在一家晚报负责第四版的拼排。从他住的蒙马特高地拉维尼亚街16号布瓦利耶旅馆，他可以感觉到巴黎这座城市的心脏跳动。他不喜欢巴黎，巴黎也还没有喜欢上他。在一个阴暗的房间里，他于喧闹中突然醒来，内心空无所依，世界仅仅是一片陌生的景物而已。他问自己：我在这里做什么？那些人的动作和笑容有什么意义？这种飘在空中似的心态无疑是他酝酿《局外人》时有益的空气。

　　小说的第一句用的是现在时，"今天，妈妈死了"，第二段转而使用将来时，默尔索在想象他如何赶去参加葬礼，就像去了结一桩什么事，到第三段，我们看到的是已经完成了的过去时，"我乘的是两点钟的汽车"。随即，我们看着他走进养老院的小停尸间，第二天一早，他洗了脸，喝了杯牛奶咖啡。"好极了。"他这样觉得。闻着从山上吹过带着盐味的风，他甚至想，这是一个不错的天气。

　　终于，送葬的队伍出发了，他不是看这个人衣着滑稽，就是看那个人态度做作，他一个劲地向我们抱怨火辣辣的太阳、皮革味、马粪味、漆味怎样弄得他疲惫不堪。默尔索让那些正派的人，也让我们这些在阅读前没有心理准备的读者失望了，整个葬礼上他没有流一滴泪，甚至没有假装悲伤或者流泪。葬礼留存在他的印象中的只是一些事物的碎片：教堂、村民、墓地上红色的天竺葵、棺材上血红色的土、杂在土中雪白的树根、马达的轰鸣。当车子开进傍晚的阿尔及尔市时，他还感到了一丝轻松。

随后我们将看到，在作品的第二部，当默尔索用一支手枪在苦难之门上短促地叩了四下以后，他在这一天的麻木不仁将成为法庭对他起诉的重要根据。

人们谴责默尔索身上这种外在的冷漠，只是他们忽略了重要的一点，那就是默尔索和他母亲之间那种独特的共处方式，这种冷漠正是从他母亲那儿得来的，是母子间关系的常态。而默尔索不屑在法庭上为自己辩解，他拒绝撒谎，拒绝掩饰自己的情感，法庭要求他对自己所犯的罪行忏悔，他回答说，他在这方面感到更多的是厌倦而不是真正的懊悔，正是这种说法使他被判死刑。

小说从一次葬礼出发，抵达的是一个年轻人的死亡。这是小说事理上的逻辑。然而小说内在的情感逻辑，我们只有依据朴素的阅读方法，紧贴主人公的生活和情感方式才能找到。加缪在有关卡夫卡的一则文论中已经提到这种方式，即从外表接触情节，从形式接触小说，从情感进入人物。

大　海

在加缪早期的自传性作品《幸福死亡》中，主人公帕特里斯·梅尔索住在阿尔及尔面朝大海的一幢房屋里，小说最后一章，梅尔索投入大海，大海拥抱着他，"他觉得大海暖如人体，从他的手臂遛走，又黏附他的两条大腿，酷似一种难以捉摸又始终在场的裹挟"。

大海出现在加缪笔下的时候总是那样的温情，"散发着香气"，"阳光普洒"，像女友和情人。在1937年写作的《蒂巴萨的婚礼》中，出现了"在我身上流，我的腿在一片骚动中占有了波浪——天际消失了"这样的描写。还有这样的比喻："抱紧一个女人的躯体，这也是把从天空降下大海的那种奇特的快乐留在自己身上。"

在这里，我们发现，大海不仅温情，而且还带有肉欲的欢愉的成分（在《鼠疫》中，当鼠疫最为肆虐，恶的阴影笼罩整个奥兰城时，海滨浴场被划为禁区，肉体不再有享乐的权利）。加缪在描摹大海的声音、色彩、动态时，就像在刻画一个女性（或者母亲）的形象。

作为一个一直在寻求象征的大师，在加缪这里，大海是一条通向救赎的道路，是通向希望和阳光的道路。我们不会忘记，在《局外人》里，默尔索和玛丽·卡多娜之间的关系始于一个海滨浴场，在《鼠疫》中，也是一次海水浴使里厄医生和塔鲁之间心心相印，建立起了纯洁的友谊。这是这部沉闷的小说中最为动人的章节。

一个秋天的晚上，里厄和塔鲁在一次长谈后穿过堆满了木桶和散发着鱼腥味的场地向防波堤走去，大海在他们前面不远处的巨大石基下轻声吼鸣，它像丝绒那样厚实，又像兽毛一样光滑，他们一动不动地浮在水上，面对悬挂着月亮和布满星星的天空深深地呼吸。就在他们面对这幅漫无边际的夜景时，一种奇异的幸福感充满了全身，虽然这种幸福感不能让他们忘却周围的事物，但毕竟让这对朋友暂时摆脱了这座鼠疫中的城市。

当他们重新穿上衣服走上归途时，小说家这样描绘他们——"他们已成了一对同心同德的朋友，这天夜晚给他们留下了亲切的回忆"，接下来的一切，"又该重新开始"。这是密不透风的叙述中少有的一处空白，笨重而又有力的叙事节奏中加入了小提琴般抒情的乐音。这小小的变奏使小说摆脱了叙事的沉闷，也丰富了小说本身，因为追求幸福与分担苦难之间的两难，一直是困扰加缪笔下主人公的一个伦理命题，加缪在这场海水浴中让这两难在一对朋友身上和谐起来，就像塔鲁说的——"一个真正的人应该为受害者而斗争，不过，要是他因此就不再爱任何别的东西了，那么他进行斗争又是为了什么？"

1952年，加缪重返蒂巴萨，这时离他写作《蒂巴萨的婚礼》已经过去十五年了。他重新找寻那些古罗马时代的遗址，可他发现的却是内心的废墟，也许是天公不作美（"五天来，阿尔及尔一直下雨，最后竟连大海也打湿了"），他在散发着雨水和海水的忧郁的气味中走着，面对这被水汽裹住的大海，感到了那阻隔在炽热的废墟和铁丝网之间的"距离和岁月"，世界露出了它的皱纹和创伤，"它一下子老了，我们也一样"。这时他感到在四十岁来临时要去重新体验二十岁时爱过或享受过的东西几乎称得上是一种疯狂。他在给朋友的一封信中说，不该再次去自己年轻时待过的地方，从前认识的妇女已经发福，成了孩子的妈妈，男人们都不在了，茴香酒太凶，等等。信中还引用了一句卡夫卡的话：好，有时令人忧伤。

加缪一生爱着大海，向往着大海，又在自己的写作中想象着大海。最初，他是在阿尔及尔的海边学会了像爱一个女性一样爱它，后来又多次渴望登船远行，但疾病和随

后到来的战乱使他一直没能成行。他一生中真正的远行是
两次横渡大西洋，一次去北美，一次去南美。《夏天集》
这部集子的最后一篇《贴近大海》，据他自称是一篇关于
海的文章，我们从中可以看到这两次旅行给他的部分灵
感。他在其中描绘了富有诗意的海滨，漂洋过海的神奇的
旅行，但更多的还是想象中的大海。

海上航行是一种寻求，一种象征性的漂泊。在想象
中，加缪似乎找到了波德莱尔所说的自由人，找到了他终
生喜欢的作家麦尔维尔《白鲸》中的马德里水手。

阳　光

写作《蒂巴萨的婚礼》时，加缪正处于对世界上一切
明亮的东西感兴趣的年龄。身处蒂巴萨这个罗马时代的遗
址，海边岩石间扑鼻的花香和沿着滨海大道一路延展的废
墟、圆柱和寺庙让年轻的加缪如置幸福之巅，这个"太阳
和大海民族"之子在这里抛开了处女作中的忧郁，设法重
新找到宁静和爱情之间的和谐，重新找到母性这个主题。

《蒂巴萨的婚礼》欢庆的是同世界万物举行的一场婚
典，是在同世界的亲近中发现的宁静与和谐，这部作品的

题目让人感到抒情的味道，使读者在阅读开篇时就同太阳和大海沟通。在大地、海洋和阿尔及尔的太阳中，未来的小说家发现了灵魂的所在，他在这种发现中说出了人同自身必然消亡的命运之间的和谐。他这样说："我咬住了世界这枚金色的果子，心潮澎湃，感到它那甜而浓的汁液顺着嘴唇流淌。不，我不算什么，世界也不算什么，重要的仅仅是使我们之间产生爱情的那种和谐与寂静。"

作为这场人与万物婚典中的一方，阳光——同时作为主题进入作品的还有大海、原野、寂静、土地的芬芳、树木、房屋和空气——在加缪笔下充满了激情和灼热，它们沸滚在乱石堆中，挂在人的眼睫毛边，它们像印象派画家捕捉到的光和色彩的颗粒，跳跃、冲撞、颤动、流淌、膨胀，有自己的形状和速度。

加缪自称青年时代生活在"贫困和阳光之间"，普遍的说法是这是出于他对祖籍地西班牙的眷顾，在西班牙的斗牛场上，阴凉处是富人的地盘，而阳光下的座位才是穷人的席位，贫困与阳光相随，与之相对的是阴暗处的权势、非正义和造成不幸的一切东西。但我们同样也不能忘记，当加缪在阿尔及利亚蒙多维的一个葡萄种植园睁开眼睛时，最初扑入他眼帘的就是这世界的一片阳光。阳光和海水，这是他生活的北非最鲜明的地域景观，也是世界对这个出身卑微的作家在人生初年最丰厚的馈赠。因此，当他把第一片阳光剪裁进他的作品时，既唤醒了记忆，也糅合了他对苦难和罪恶最初的思考。在他的第一本书《反与正》的序言里，他这样说道："为了打破一种自然的冷漠，我被置于苦难和阳光之间。苦难使我不能认为阳光下和历史中一切都是好的，阳光告诉我历史并不就是一切。"

在加缪二十四岁之前完成的散文和其他叙事性作品中，他着力描绘的阳光是美和善的对等物，它象征着生命、幸福，是人人都可享用的财富。然而它的灼热也会让小说中的人物在它面前无所适从。在《局外人》中，我们看到了葬礼途中那一片让阳光晒得发亮的田野，它让人迷糊、疲惫不堪。

到小说第一部临近结束的时候，加缪对海滩上的阳光的描绘让我们真正领会到了他出色的叙事状景能力，不仅如此，他还在特定的时候让气候对一个人的行为产生足以致命的影响。我们在这里看到的是一片火爆的阳光，它让大海憋得急速地喘气，"像一把把利剑劈过来"，它的刀锋让人皮肤下面所有的血管都一起跳，它像铙钹似的扣在人的头顶，叙事到这里已经是一根绷到了极致的弦，它的旬然断裂是从"大海呼出一口沉闷而炽热的气息"开始的，枪响了，海滩上的寂静打破了，默尔索一生的平静打破了，他用一支枪在苦难之门上短促地叩了四下。

而这一切，在某种含义上来说正是始于夏天的气候，始于默尔索酷爱的阳光，那使他感到无限幸福的阳光。联想到加缪那部早期作品的名字《幸福死亡》，默尔索的死正是"幸福死亡"，因为对于默尔索来说，死，只是幸福的事故而已。

阅读链接

［法］阿尔贝·加缪著，郭宏安、袁莉、周小珊译：《加缪文集》，译林出版社，1999年。

［法］阿尔贝·加缪著，沈志明译：《阴界与阳界》，上海译文出版社，2020年。

［法］阿尔贝·加缪著，郭宏安译：《反与正·婚礼集·夏天集》，译林出版社，2011年。

［法］阿尔贝·加缪著，黄馨慧译：《加缪手记》，浙江大学出版社，2019年。

共识的必要

——"黄金之国"消亡史

> 魏玛共和算得上是个黄金之国（EI Dorado），它
> 的死亡是另一个黑暗时代的开始。
>
> ——彼得·盖伊

一切皆非凭空而来

德国新一代小说家福尔克尔·库切尔的硬派推理小说
《湿鱼》改编的德剧《巴比伦柏林》，到2020年已经播到了
第三季。第一季开场的故事时间，是魏玛共和国晚期的
1929年4月，到第三季结束，时间也不过是年10月。时当
全球金融大萧条前夜，德国已在第一次世界大战战败的阴

影下匍匐了十年，这三季，半年的时间里，军政要员、黑帮分子、托派、国防军及纳粹相继登场，上至总统兴登堡，下至贫民窟男女老少悉数亮相，各方势力和思潮在涌动中剧烈冲突，预示着将有一树好花开，让人对后面几季的故事产生巨大期待。

此剧讲述的是在魏玛共和国特殊的政治背景下，柏林城里一桩桩离奇的案件和令人瞠目结舌的纳粹崛起史。为什么把巴比伦与柏林并置在一起？除了它们的首字母都是B，尾字母都是N，还有什么共同之处吗？我没读过原版小说，私下猜测《巴比伦柏林》这个题目的寓意，或许在于巴比伦和柏林都是"冒犯上帝之城"。古巴比伦王国曾在两河流域建造了壮丽繁华的都城，这座城市的居民梦想建造巴别通天塔，但奢靡之风给这个文明古国带来了灭顶之灾，上帝变乱了他们的语言，为接近神明而建的通天塔随着王国的覆灭也化为废墟，因此基督教中也将巴比伦作为堕落的象征。这就如同剧中这个纸醉金迷的柏林城，最后也将在第二次世界大战终结时成为一个废土之城。

《巴比伦柏林》着力呈现的，正是20世纪20年代末魏玛共和国晚期的柏林，这个辉煌而肮脏的都城里上演的关于贫穷与奢华、革命与腐败、伦理与道德的一幕幕故事。

其时的柏林，各方势力明争暗斗，国防军和保守派对《凡尔赛和约》日益不满，工人失业加剧，魏玛当局血腥镇压工人运动，自由主义和左翼思潮的流行伴随着右翼势力的复苏，色情业和毒品泛滥成灾……各方势力的相互制衡虽然勉强维系住了表面的平静，但任何一个微小的举动都会牵动社会肌体脆弱的神经，魏玛共和国像一个"魔山"上的病人，看起来红光满面，实则沉疴已深。

搅动平静的是一列从苏联境内驶来的装着一车厢黄金的火车。黄金是逃亡柏林的苏俄贵族偷运出来准备送给斯大林的死对头、流亡土耳其的托洛茨基的。对这车黄金的争夺交织成一张错综复杂的政治光谱：执政的社会民主党人想要搞到这批黄金充实国库；本地黑帮欲强取豪夺；密谋策反的"黑色国防军"频频插手；第四国际"红色堡垒"更是志在必得。那些看似庸碌的普通人与满脑子恢复帝国辉煌的不择手段的狂热政客展开了惊心动魄的博弈。

与此同时，本剧男主格里安（沃尔克·布鲁赫饰演，他也是德剧《我们的父辈》的男主）因为调查一桩风化案，也从科隆来到柏林警局，他受父命侦查一起政府高官的艳照门事件，试图找到留存的胶卷并将其销毁，避免丑闻曝光。到了这座光怪陆离的城里，他陷入了道德信仰和个人感情的巨大冲突中，最后难以抽身。同时展开的还有作为格里安故事线对位的编外女警夏洛特的故事，这个外表纤弱的来自贫民窟的女孩，白天在警局做处理凶案照片的编外工作，晚上为谋生出入夜店卖春，她梦想着有朝一日进入重案组成为一名女警，浓重的黑眼圈都掩盖不住她眼睛里的光芒。剧中，她是串联起柏林贫富两极的一根重要线索。第二季到第三季的线索稍显分散，主要围绕民主派对国防军和保守派阴谋的角斗、女明星死亡案、女佣格雷塔以及经济危机展开，到第三季结束时，纳粹上台的情形已是呼之欲出。

那是一个敏感的过渡时代，陆续登场的也都是过渡年代里的人。人出现在历史的舞台，被一圈追光灯打着，但他依然是渺小的，顺流也罢，逆流也罢，更不必说良知与野心、正义与罪恶，过眼即是云烟。看着他们被时代的潮流裹挟着，被命运之手拨弄着，浮浮沉沉、生生死死，也只能叹一句造化弄人。最后，历史选择了它的车道，民众放弃民主选择了独裁者，国家选择了掘墓人。"巴比伦大城倾倒了，倾倒了！成了鬼魔的住处和各样污秽之灵的巢穴。"（《启示录》18：2）谁也不是无辜的，任何一个人，都有可能是雪崩前的那片雪花。

原著小说作者福尔克尔·库切尔在一个访谈中说到，他看1931年的电影《埃米尔和侦探们》时，发现那里面有许多儿童演员，他们年轻的脸上发着光，充满了希望，可是随后第三帝国出现，八年后第二次世界大战开始，这些孩子大多数将成为党卫军人员，甚至有可能在集中营里作为警卫或囚犯。他们将来的生活注定悲惨，他们的人生希望注定落空。记录那个年代，便成为他写作这个小说的动机。编剧亨德里克·汉德洛伊滕说到创作《巴比伦柏林》的动因之一，即是"为了展现纳粹并非凭空而来"："他们产生于德国社会的变化中，并因此做出了自己的选择。"

共识的必要

在德国的历史剖面上，1929年并不像魏玛共和国成立的1919年、希特勒上台的1933年和二战爆发的1939年那样关键，但它就像此剧片头的那只巨眼，透过它，可以看清过去、将来的模样。

魏玛共和国是指1919年至1933年间共和宪政政体的德国，亦即一战与二战之间的德国，它的成立是在一个流年不利的开局里：一战的硝烟飘散，战败的士兵回到了他们的祖国，尽管战胜国提出了种种不堪重负的要求，人们仍然希望从战争的创伤中建设一个新的德国。四年战争已经耗尽了耐心，公众的愤怒达到了沸点，一场以推翻德意志帝国为使命的革命，从德国水兵扩展到陆军，接着遍及全城工人。1918年11月9日，德国革命的高光时刻，德皇威廉二世被迫于柏林的议会大厦的阳台上，宣布德意志共和国成立。革命仍在进行，此前一直被排除在权力之外的社会民主党人掌控了政府，宣布德国成为一个君主立宪制国家，并为制宪会议举行选举。于是，宪法起草者们离开柏林，去往较为宁静的小镇魏玛。1919年1月至8月，宪法在这个小镇起草，后世也将共和国以魏玛命名。对刚刚走出帝制的德国而言，这是一个信号，它不再走黩武穷兵的俾斯麦的道路，而是要走歌德和洪堡的道路了。

德皇走了，谁不为此欣喜呢？魏玛时代伟大的小说家约瑟夫·罗特写道："有一天，我们抬头仰望王座，可能发现上面空空如也，才知道再也没有哪个陛下能打断我们和上帝的直接联系。"在这部花了八个月时间制定的宪法中，心思缜密的德国人把美国、法国和拉美革命以来所有写入建国宪法的政治权利悉数收罗。

锁链已被打破，寰宇为之一清，一个广阔的舞台在向人们招手，于是他们走上街头，走向投票站。虽然好一阵手忙脚乱，喧哗吵闹，但过程显然都是民主的，各个政党也拉到了足够的选票。然而，巨大的障碍横亘在魏玛共和国通向民主的大道上，最大的威胁就是一战遗留的沉重包袱——《凡尔赛和约》。按照巨头们在凡尔赛宫给出的蛋糕切分法，战败的德国不仅要失去所有海外殖民地，还要失去约占战前领土七分之一的土地，同时，他们还要向协约国交出大批军用物资。执政的联合政府接受了这份和约，顺理成章地，公众的怒火也势必烧向新生的魏玛共和国。

在魏玛共和国十四年的历史中，德国人对每件事都锱铢必较，寸步不让，唯有在一件事上，所有人——不论是左派还是右派——都达成一个共识，那就是《凡尔赛和约》是极不公正的。由此产生的恐惧、憎恨和不满从一开始就蠢蠢欲动，要是上台的是一个强权政府，它会迫使反对者噤声，但德国的这些革命者心地仁慈，无休止的争吵给国家带来深深的裂痕。一战后的几年时间里，没有一个政党的声音或一套理念占据压倒性优势。即便是一件很小的事，也会放大成为生死攸关的重大议题。

这些喧哗和骚动粉碎了帝国崩溃时大家所抱的希望，

许多曾对革命欢欣雀跃的人都失望了。《杜伊诺哀歌》的作者，诗人里尔克说："（革命）假借大颠覆之名，旧的习气还是根本未改。"他甚至说革命从一开始就操纵在一群政客手里，他和许多人都是莫名其妙被卷进一种"政治的业余爱好"。要知道，在魏玛，诗人是一种先知式的存在，甚至有时候诗歌会代替思想，许多青年走上战场，都是吟诵着里尔克的诗句接受死亡的，里尔克说出的正是大众普遍的不满情绪。

革命成功之初，新政府如果在政府部门、官僚体系、军队和商人阶层中稳固民主的力量，本来是有机会扭转局势的。但他们过于惧怕布尔什维克了，并且放大了这种恐惧。五百万的苏俄布尔什维克已经掀起了滔天巨浪，有六百万党员的德共又会做出什么来呢？社会民主党人和旧的精英阶层担心德国会复制俄国式的革命（其时德国和苏俄之间的所有国家几乎都卷入了革命与内战），因此对保守、反犹、反民主的右翼势力一直眼开眼闭，不愿解除他们的权力。这股阴风注定要穿过1923年的恶性通货膨胀，穿过大萧条的岁月，让他们在共和国的晚期吃尽苦头。

有必要科普一下，作为共和国支柱的"魏玛联盟"是由三个政党共同运作的，最大的社会民主党偏左，另两个政党是德国民主党和天主教中央党，1923年通货膨胀，马克大幅贬值，德国民众生活急剧恶化，魏玛共和国失去了中产阶级的支持，整个政坛集体右转，接下来经济大萧条爆发了，直接把魏玛共和国拖入了泥淖。

1933年1月30日，兴登堡签署了一项命令，任命希特勒为总理。魏玛共和国至此完结。

正如罗马不是一天建成的，魏玛共和国也不是纸牌屋一样瞬间倒塌的。诚如美国历史学家埃里克·韦茨在《魏玛德国：希望与悲剧》一书中所说，"'魏玛'是别样生活方式的鲜明象征，也是道德堕落之骇人警讯，它拉开了第三帝国（Third Reich）的序幕，也预示着'过度'（excessive）民主的危险"。

奉行了十四年的自由主义思想一朝被民众弃之如敝屣，神圣的公民权利观念被种族国家轻易取代，这使得魏玛共和国在后世读史者眼里如同一出希腊式悲剧的重演：诞生时命运多舛，一生中连遭霉运，落幕后又洪水滔天。

现代性的这一仓促断裂，使魏玛共和国成为民主脆弱性的一个范例。一种声音认为，一个缺乏共识、不能就政治社会秩序和文化等根本议题达成一致意见的社会是危险的。如果所有的论争都像晚明中国的党争一样被放大为关乎生死，以致吵作一团，这样的状况将是不可承受之重。

一种令人屏息的美诞生了

魏玛文化纵使积弊重重，也难掩其生生不息的创造力，埃里克·韦茨把20世纪20年代的政治与经济、哲学与文学、艺术与建筑融为一体，描绘出了一幅激动人心的魏玛文化图卷，从包豪斯到公共住房，从托马斯·曼到海德格尔，从表现主义艺术到新女性，西方现代性艺术的诸多要素皆诞生于此，称之为一种伟大人文精神的大规模展现与延伸毫不为过。时至今日，乔治·格罗兹、马克斯·贝克曼和康定斯基的画作仍悬挂于各大博物馆和美术馆；布莱希特和他的艺术合伙人库尔特·魏尔的戏剧还在世界各地以不同语言上演；勋伯格的十二音阶试验开启了前卫音乐之门；托马斯·曼自1929年获得诺贝尔文学奖以来，他的《魔山》《布登勃洛克一家》一直长销不衰；本雅明探讨发达资本主义时代抒情诗人的"拱廊街计划"之一的《柏林童年》依然是文学神秘主义者的圣经；上海、东京等大城市一次次刷新城市天际线的建筑从瓦尔特·格罗皮乌斯开创的风靡20世纪20年代的包豪斯学派中汲取了灵感；海德格尔和弟子们的思想至今仍在对现代社会的知识和人的状况提供着真知灼见。而对影史稍有涉略的人，又有谁没看过《大都会》《柏林：城市交响曲》《卡里加里博士的小屋》这些默片时代的精品呢？

在《魏玛德国：希望与悲剧》中，埃里克·韦茨像一个尽职的导游，带着我们在20世纪20年代的柏林漫步，辗转于这个无眠大都市的各个角落，从波茨坦广场周围精致闪亮的罗曼咖啡馆，到伊舍伍德笔下的卡巴莱歌舞厅和乌烟瘴气的酒吧，从新女性云集的令人耳昏目眩的百货商场到威丁区潮湿憋闷的工人阶级廉租公寓区，以体味它前所未有的现代性。"魏玛就是柏林，柏林就是魏玛"，它是一个战败国的首都，是酝酿着政治风暴的中心，也是一个焕发着喧嚣与活力的新都城。它依然充斥着旧财富和旧权力，同时也融合进了由战争和革命而生的希望与绝望。

这是一个充满张力的"黄金之国"，也是一个供不同国别、不同语种的知识分子和艺术家进行对话的地方。思想和艺术皆是诞生于这种对话。这就是黄金时代的魏玛，在这个世界里，人们都在为薪水而工作，他们阅读报纸和画报，在百货商店购物，收听电台转播的职业联赛，他们对待性的态度就是把身体解放出来，做他们想做的事情。

从战败的阴影中成长起来的一代人，他们要过自己的生活，他们都不愿被束缚在那些为他们量身定制，排得满满的日程表上，他们回首往事时最留恋的就是那个年代无处不在的自由。出生于魏玛时代柏林的文化史家彼得·盖伊说得好："事实上共和并未真正创造什么，它只不过把本来已经存在的解放开来而已。"

1929年，诺贝尔文学奖授予托马斯·曼，作为一个一战前就已成名的作家，他从第一部长篇小说《布登勃洛克一家》开始就一直在探究爱欲与秩序之间的冲突。成为1924年文学事件的《魔山》里，托马斯·曼准确地捕捉到了主人公汉斯面临的种种冲突，这其实也是魏玛时代面临的现代性的冲突：进步与传统的冲突、秩序与欲望的冲突、家庭伦理与大众社会潮流的冲突。小说的结尾是汉斯从魔山下来投入了战争，他和他的同伴一样大概率会死于战争，设若这个小说晚几年完成，托马斯·曼很可能不会让汉斯去战场送死，即便是苟活，也要比成为战争的炮灰强。

20世纪20年代，世界的思想高峰也是在魏玛。"存在的意义是什么？"海德格尔在1927年问世的《存在与时间》中提出了这个根本性的问题。在他看来，从来就没有所谓的"本质"藏身在我们所感知的东西背后，只有领会客体与观看者之间关系，领会它们的"此在"状态，方能接近存在的意义。这是西方思想史上对主客体之间的那道鸿沟的第一次照亮。

1933年后，随着魏玛时代最富创新精神的作家、戏剧家、建筑学家、艺术史家、电影制作人、物理学家和数学家的逃亡，魏玛的文化巨匠和艺术精英们所构筑的一个"社会–思想"世界也风流云散。随之而来的，是这些流亡者带去的精神火种在世界许多地方的重新燃烧。只有一个人例外，马丁·海德格尔。平心而论，相比于那些接受纳粹来解决危机的同时代民众和知识分子，他既不比他们好，也不比他们糟，他的关键问题，是在1945年后缄默不语。反思，是现代思想的一大特质。是海德格尔太严肃还是哲学太严肃？要是哲学家有一点小说家的疏离感和反讽精神，事情可能不会如此糟糕。

雪崩时没有一片雪花是无辜的

魏玛共和国的消亡史，它那辉煌而短暂的生命的中止，诚如彼得·盖伊所说，一部分来自谋杀，一部分来自痼疾，一部分来自自杀。三股向下的力共同施为，加速了它悲剧性的死亡。

一本由历史学家吕迪格·巴特和豪克·弗里德里希所写的报告《掘墓人：魏玛共和国的最后一个冬天》，以类似纪录片的形式记录了躺在手术台上的魏玛共和国的最后十个多星期。这本书以天为单位描写了1932年11月17日到1933年1月30日的十个多星期里，历史聚光灯照射下的魏玛共和国里发生的故事，这也是一群疯狂的人肆无忌惮地争夺权力的故事，在故事最后，希特勒毫无悬念地胜出成为德国总理，将德国引上独裁统治的道路。

这十多周，是充满能量与恐惧的时期，也是幕后操纵者走上前台的时期。短短的十多周改变了精英和大众的命运，也将历史拖入了万劫不复的泥淖。不管这场博弈有多复杂，它的展开是如何惊心动魄又柳暗花明，带来的结果只有一个，那就是"黄金之国"的覆没。雪崩时，没有一片雪花是无辜的，所有人都对此负有责任。

《掘墓人：魏玛共和国的最后一个冬天》作为历史非虚构写作的一个典范，让时间也成为主角之一，它让时间像一柄终将落下的利剑高悬在人们和世界的头顶。而对于那些其他的要角，两位作者尽可能地一一进入人物的思想，让人物自己说话。蒙太奇镜头般变换的一幕幕里，身处风暴中心的美国犹太人亚伯拉罕·普洛特金的日记提供了观看柏林的另一个视角。他在一台便携式打字机上写下的观察和思考在半个多世纪后丰富了那段历史的肌理。还有英国作家伊舍伍德的视角，罗曼咖啡馆的常客、诗人玛莎·卡乐可的视角，这些交互的视角映照出了一座都城的疯狂，也映照出了人类从理性的峰巅向着低谷的坠落。

然后就到了风暴的尽头，那个臭名昭著的日子，1933年1月30日，所有的较量偃旗息鼓，如同喧天的鼓乐中出现了一个顿音：一直以秩序的维护者形象示人的兴登堡宣读了任命，希特勒手按着一部名存实亡的《魏玛宪法》宣誓，是夜盛大的火炬游行中，高举起一片手臂的森林……天亮了，早就嗅出气氛不对的小说家约瑟夫·罗特乘坐一列早班火车离开柏林，开始了他"无尽的逃亡"。

格里安站在疯狂的街头，他悲哀的眼里映照着这座不夜城的灯红酒绿；小个子的姑娘夏洛特也出现在街头，她依然走路带风，细高跟鞋敲击着地面如同一个个小切分音，在说出她的心声。大厦倾塌了，所有的希望和绝望都是在虚幻里。

阅读链接

　　［美］埃里克·韦茨著，姚峰译，聂品格校译：《魏玛德国：希望与悲剧》，北京大学出版社，2021年。

　　［德］吕迪格·巴特、豪克·弗里德里希著，靳慧明译：《掘墓人：魏玛共和国的最后一个冬天》，社会科学文献出版社，2020年。

　　［美］彼得·盖伊著，刘森尧译：《魏玛文化：一则短暂而璀璨的文化传奇》，安徽教育出版社，2005年。

一支安魂曲

《拉德茨基进行曲》，这个得名于施特劳斯的华尔兹舞曲的小说，是唱给奥匈帝国哈布斯堡王朝的一曲挽歌。纳丁·戈迪默评价约瑟夫·罗特，用上了"疯狂"一词："它的节拍从旅店奏出，穿过维也纳，响彻弗朗兹·约瑟夫王朝的乡村和城市……这位作者疯狂沉迷于他的时代。从这个时代，他可以听到过去的鼓声传到未来。"

这或许与小说作者约瑟夫·罗特亲身经历了那个时代有关：他出生于奥匈帝国东部边境的犹太家庭，曾在奥匈步兵服役，参加过第一次世界大战，又在维也纳、柏林和布拉格等地当记者，是两次世界大战之间德语世界的明星记者，后来因反对纳粹而流亡法国，1939年第二次世界大战爆发前因酗酒过度猝死于巴黎。

约瑟夫·罗特小说的主人公常常是士兵、被释放的战俘，还有旧贵族、中产阶级、农民、罪犯等各种被抛弃的人，他们都熬过了一战泥泞的四年，身份和命运都发生了变化，而忽焉之间，理想的崩溃和新的狂热又将升起。《拉德茨基进行曲》是罗特写下的小说中的巅峰之作，这部小说讲述的是贵族之家特罗塔家族三代人的兴衰故事，主人公是一个年轻的骑兵军官、第三代特罗塔——卡尔·约瑟夫。

"特罗塔家族是个年轻的家族，其祖上是在索尔弗里诺战役之后才晋封为贵族的。"这个平淡的小说开头揭示的是这个家族的发迹史。这是一个传统的英雄故事，在索尔弗里诺战役中，当一粒子弹射向皇帝弗兰茨·约瑟夫时，来自底层的步兵团少尉特罗塔飞扑上去把他按倒在地，自己挨了一弹，救了皇帝性命，少尉特罗塔因此被封为贵族，这一事迹还编进了小学教材，被用来激发爱国情怀。但当特罗塔无意中发现自己的故事被夸大到可笑的地步，"世界的存在、法令的力量和陛下的光辉"是建立在谎言之上，他离开了曾经热爱的军队，回到了乡间。他这样向皇帝本人发难："陛下，那是个谎言。"

新的地位和头衔使特罗塔与父亲疏远了，于是他严令禁止自己的儿子再去从军，第二代特罗塔因此成了一个地方长官。地方长官为了弥补军官梦破灭的缺憾，后来还是把儿子送进了骑兵军官学校。当本书主人公、第三代特罗塔——卡尔·约瑟夫登场时，这个十五岁的孤独少年正值军校放假期间，他每天的消遣是在父亲官邸的阳台上听军乐团奏响的《拉德茨基进行曲》。

听着这首颂扬哈布斯堡王朝军功的激昂的曲子，"卡尔·约瑟夫仿佛觉得密集的子弹正有节奏地在他的脑袋周围呼啸；他那锃亮的佩剑闪电似的飞舞着，他心里和脑袋里充满了进行曲急速的旋律"。这乐曲使他神往起了祖父，那个"索尔弗里诺英雄"的神圣光环。但讽刺的是，这个暑假，他被风骚的宪兵卫队长妻子斯拉马太太勾引，做了她的小情人。

可以想象，这个情欲的俘虏，内心里掀起了怎样的一场风暴。小说写道，少年离开斯拉马太太的房间走在回家的路上，经过市郊一幢火黄色的房屋时，他看到一位少妇正探身窗外，他身子站得笔直，恭敬地问候她，"倚窗而立的那位陌生而亲切的妇人好似站在爱情和生活之间的哨兵。问候过那位少妇之后，他觉得自己又回到了这个世界"。

每天午后到黄昏，他偷偷跑去和斯拉马太太厮混。他脸色苍白，但说话简洁而果断，变得越来越像一个真正的男人。他从这个女人那里带出来的芳香和夏日黄昏干烘烘的气味掺杂在一起，沾在他两手上，日夜不离散。这提醒他用餐时要十分小心地与父亲保持一定距离，以防他闻到。地方长官说："这里有一股秋天的气味。"他这才意识到，父亲已经发现，因为斯拉马太太用的正是木樨草香水。

　　在祖父英雄的光环笼罩下，卡尔·约瑟夫从骑兵学校毕业了，将要去第十重骑兵团当一名少尉。他的光辉前程似乎即将展开了。就在此时，父亲告诉他，斯拉马太太因难产去世了（小说暗示，这个孩子有可能是他的）。这是这个年轻的生命第一次遭遇死亡，他读着她带着木樨草香水气味的信，"死亡像一道黑色的闪电在他面前闪现，击中了他纯真的欢乐心情，烤焦了他的青春，把他猛掷到将生者与死者永远分开的边缘"。他强忍悲伤，冒雨去卫队长家吊唁，临走时，卫队长把他写给斯拉马太太的信都还给了他。

　　这只是他短暂的一生中遭遇死亡的开始。先死去的是他的青春，接下来死去的是友谊、激情和梦想。小说行进到第五章，军营生活开始了。军队每周两次进行操练，嗒嗒的马蹄声伴随着嘹亮的军号声，身着鲜艳制服的第十重骑兵团骑兵们骑着骏马在小城的大道上驶过时，城里居民常会驻足观望。罗特在这里写道："他们的红裤子使小城充满了血的壮丽景象"，红裤子和血的意象，似乎兆示着他的军营生活仍然不太平，他要在这里继续经历性的冲动与冒险。

为了打发无聊，卡尔·约瑟夫经常去军官俱乐部消磨时间，有时也会和军官伙伴们一起去当地一家有名的妓院寻欢作乐。少尉和他的勤务兵的对话直白而又无耻：

"你那个卡塔琳娜长得怎么样？"卡尔·约瑟夫问道。

"报告少尉先生，乳房又白又大！"

于是有了"蕾西姑妈"（一家妓院）里的一幕幕，其淫奢放荡有如卡里古拉时代的罗马帝国：赤身裸体的姑娘们挤挤攘攘地朝他们奔过来，"在半红半暗的粉红色灯光里，只看得见扑了香粉的洁白的肉体，闪闪发光的金星，银光闪闪的佩剑"。罗特以讽喻的笔调写道，妓院里的钢琴弹奏的也是《拉德茨基进行曲》。

军医德曼特是卡尔·约瑟夫在军营唯一的朋友，某天晚上，卡尔·约瑟夫陪着独自从戏院走出来的德曼特太太回家，路过军官俱乐部门口时被几个军官同伴撞见。德曼特大夫因此被一位上尉军官耻笑，于是有了一场生死决斗。决斗中，德曼特大夫和军官都死于对方枪下，德曼特把自己的佩剑和一块银怀表遗赠给卡尔·约瑟夫。失去朋友的卡尔·约瑟夫被自责折磨着，想去一个陌生的地方重新开始，于是他选择去帝国边陲的狙击营服役。

狙击营驻扎在帝国最东部一个与俄罗斯交界的边界小镇，地理环境异常恶劣，大片大片的沼泽地暗藏着巨大的危险。步兵们训练回来，裤子和鞋子常常沾满污泥。尽管祖父的画像一直萦绕在卡尔·约瑟夫的脑海里，他甚至还梦想着能像祖父那样在战场上救皇帝的命，然而，他无法控制自己一路下滑，变成一个废物，一个时代的零余者。在这个偏远之地，他和下等军官们一起喝一种叫九十度的烈性烧酒，学会了轮盘赌和玩纸牌，还成了一个不顾一切沉溺于性爱的有夫之妇的情人。

卡尔·约瑟夫是个怯弱的人，一个失败者。他从来没有主动去掌控命运，而是被生活和时代的罡风推着，身不由己地趔趄前行，随波逐流地把人生交付出去。他最初的女友死了，他唯一的朋友在决斗中丢了性命，这两件事缠绕着他，加速了他的坠落和幻灭。他唯一的"壮举"，是撕下了妓院墙上一幅画得很丑陋的皇帝像，因为他不忍看到皇帝被如此亵渎。到了新军营后，他不顾后果替同伴担保借贷，为了情人一再赌博，欠下一屁股债，他想离开军营却没有勇气，想维护自己的名誉却总是一次次迷失。最后还是皇帝顾念旧恩免去了他的债务。

当这个英雄的孙子沉迷于赌博、酗酒和情色时，帝国也已到了日薄西山之际。小说第二部最后一章，有一段对行将就木的弗兰茨·约瑟夫一世的描写，他的脑壳秃了，胡子也都白了，脸上的皱纹像一片乱糟糟的灌木丛："皇帝已经老了。他是世界上最老的皇帝。死神围着他转悠，转了一圈又一圈，收割再收割。整个田野都已经是空荡荡的了，唯有这位皇帝像一株被死神遗忘了的银色禾秆似的还立在那里等候着。"尽管画像上的皇帝还继续威严，但帝国和皇帝本人，都已免不了被蛆虫吞食的命运。皇帝在巡阅军队时认出了特罗塔少尉，曾经在战场上救过他的英雄的孙子，小说在这时写到了弗兰茨·约瑟夫一世的眼泪。皇帝盯着远方，没有觉察到一滴清澈的水珠出现在他鼻子上，"周围的人一个个都像着了魔似的凝视着这颗泪珠。它终于、终于落在那把浓密的银白色的小胡须里，深深地埋在里边，谁也看不见它"。

少尉的父亲、第二代特罗塔也意识到一个世界正在无可奈何地逝去。一天早晨，老仆人雅克韦斯没有准时把邮件送到他的早餐桌边。一个生命的消失，也带走了贵族与平民的等级差别，一向声明只喝轩尼诗的年老的地方长官不得不接受这样一个事实：被皇恩眷顾的家族注定不能持久。

这是一个充满着动荡不宁气息的欧洲，就像《昨日的世界》的作者茨威格所说，这一辈人经历了太多。当狙击营的士兵们出动镇压小城的一次罢工时，卡尔·约瑟夫听到游行队伍唱着一支他从来没有听过的歌，那支歌是《国际歌》，一支鼓动着要把旧世界打得落花流水的歌。这与给少尉以梦想和神圣使命感的《拉德茨基进行曲》形成了巨大反差：旧王朝行将消失，而一个革命的时代即将到来。

小说的第三部，以油画般浓重的笔触写到了1914年的一场庆典，那是驻扎在帝国东部边境的龙骑兵部队为庆祝皇帝约瑟夫·弗兰茨登基七十周年举行的一场夏日庆典。当庆典开始时，"闪电越来越强烈，照亮了整个天空"。然后，大片大片的乌云从四面八方挤过来，聚拢在一起。大自然的暴风雨隐而不发之际，一场更大的风暴降临了，奥匈帝国皇储斐迪南大公在萨拉热窝被刺杀的消息传来，一场席卷整个欧洲的大战终于爆发了。

屈辱和愤怒使少尉想要离开军队，回到祖籍地去当一名农夫，但隆隆开动的战争机器已经将他裹挟，他再也回不到过去的纯真年代了。和卡尔·约瑟夫一样的更多的士兵，他们的生命注定要毁灭在旧帝国和新兴的革命浪潮的对抗之间，最终成为无足轻重的炮灰，即使是侥幸走出战争泥沼的幸存者，也将面目全非。小说最后为零余者卡尔·约瑟夫安排的，是一个异常滑稽而又讽刺的结局：他带领一个排在前线行军，为了给同伴找水喝，他闯入了敌军的射程范围。"特罗塔少尉死的时候，拿在手中的不是武器，而是两只水桶。"

哥萨克人的子弹击中卡尔·约瑟夫前的一瞬，他没有害怕，他连恐惧的力量都失去了。他听见了那些尚未坠落的子弹的呼啸声，也听到了《拉德茨基进行曲》开头几小节带有鼓声的乐曲。他站在井沿边打水，就好像站在童年时代父亲家的阳台上。那支曾给他无穷的幻想和激情的乐曲，最后成了他的安魂曲。

这个"折扇一般延展"（瓦尔特·本雅明语）的小说，出版于1932年，并创下半年内再版五次的佳绩。那时，三十八岁的小说家已饱经尘世的困顿和失败，加上妻子罹患精神疾病，他已有四年的酗酒史。而接下来几年里纳粹对犹太人的迫害，已使他不能再在德语世界出版作品。不得已，他流亡到了法国。七年后的1939年，他客死巴黎的一家咖啡馆。此时，第二场大战正蓄势待发。

阅读链接

［奥地利］约瑟夫·罗特著，关耳、望宁译：《罗特小说集2》，漓江出版社，2018年。

［南非］纳丁·戈迪默著，汪小英译：《在希望与历史之间》，漓江出版社，2016年。

回之以凝视

　　盖伊·特立斯《邻人之妻》令人惊异之处，首先在于书中写到的性爱故事里的那些人物，大多还生活在这个世界上，作者按他们在本书的出场顺序，在文末还给出了一个截至2009年的"人物地点近况更新"，在最后，作者甚至不惜让自己作为书中一个角色出场。这使得本书的写作有一种共时性，特立斯写出了一个时代性爱习俗的变化，性文化和性产业的兴起对时代风习的影响，也写出了这场"狂飙"对这些参与者一生的影响。这正是我期望中的非虚构写作的意义，它处理的素材，或许只是一个标本、一处遗迹，但必须与正在行进中的世界发生关联。

　　书名《邻人之妻》，典出《旧约·出埃及记》："不可贪恋邻人的房屋，也不可贪恋邻人的妻子、仆婢、牛驴，并他一切所有的。"在这袭道德训诫的外衣下，特立斯的这本书写得暗香浮动，有如一部美国版的《感官世界》，他从情欲着手，描绘出了20世纪60至70年代美国中产阶级一边贪图家庭的温情安逸、一边对性爱冒险蠢蠢欲动的情状，又百科全书般旁涉出版、法律、宗教、家庭等领域及按摩院、性爱俱乐部等社会灰色地带，呈现出了变化中的美国精神的丰富性。19世纪延伸到20世纪初的传统范式，彻头彻尾被改写了。

这本书的第一章，用十六页写了芝加哥一个高中男生哈罗德·鲁宾的一场自渎，他的幻想对象是《花花公子》的兔女郎黛安娜·韦伯，一个来自南加州，有着"精巧的乐器"般的身体的姑娘。对这个高中生面对年轻模特裸体照片时身体反应的写实主义描述，真称得上惊世骇俗，读者会发现，自慰对这个高中男生来说，更像是一场探险，一场关于自我和世界的探险。这其实也是当时美国中产阶级对待性爱的态度。有意思的是，特立斯让这个芝加哥少年在最后一章又回来了，经历青春期的空虚和各种麻烦后，那时他已经是一家叫"怪人哈罗德"的按摩院的老板了。

随后，特立斯把笔触伸向了《花花公子》的创始人休·海夫纳、砂岩俱乐部的导师约翰·威廉森和他的妻子芭芭拉，以及众多与性相关的法律案件的精彩而细致的描写。玩伴女郎、出版商、法官、医生、作家、人类学家，一个个人物在书中轮番出场，他们游戏、角逐，对立又共谋，他们创造着一个时代的性爱奇观，而他们创造的一幕幕反过来又对他们造成刺激、震惊、愉悦，以及悲伤。

特立斯在书中着重写了在追求性的欢愉的道路上的两个重要角色和他们从事的事业，一个是退伍军人休·海夫纳，他创办《花花公子》杂志并将其打造成了一个商业帝国，另一个是约翰·威廉森，他以一种类似于宗教的形式，和妻子芭芭拉·克拉默创办了标榜自由性爱的砂岩俱乐部，在那里，通奸不再是禁忌，两性可以绝对平等。除此之外，特立斯还写了用自制的性交机器研究性满足秘密的威廉·马斯特斯和弗吉尼亚·约翰逊的故事，写了因出版售卖《尤利西斯》《查泰莱夫人的情人》而被判入狱的地下书商塞缪尔·罗思的故事。他还写了审查者考姆斯托克、基廷、高尔等人的故事，这些人无一例外都是自由性爱的"天敌"，却又都是些少年时代就控制不住自己欲望的家伙。

在这些栩栩如生的人物图谱和他们的性爱历险中，剖析得最深刻的是保险经理约翰·布拉洛的感官之旅。布拉洛是一个性爱的追逐者，最初，他是为了性的欢愉加入砂岩俱乐部的，后来的一次阴差阳错，他的妻子朱迪斯也加入了俱乐部。在威廉森安排的一场控制欲测试中，布拉洛发现，妻子已经对威廉森产生了依赖，而自己变得不了解共同生活了十年的妻子，狼狈不堪的布拉洛尝到了身为丈夫的挫败感，他明白，即使在砂岩俱乐部这样的性爱乌托邦，妒忌和占有欲也无可避免。

书中对布拉洛夫妇与威廉森关系的书写可谓一波三折。经历了情感挫败的布拉洛想退出，他的妻子却想继续留下。被妒火折磨的布拉洛放低姿态去求威廉森原谅，而后，他一个人在沙漠夜营，又回到俱乐部，这时，威廉森的泪水感动了他，他也决心继续留在砂岩俱乐部这个裸体大家庭。然而，一只母猫唤醒了朱迪斯暂时迷失的母性本能，她想要离开威廉森他们了。故事行进至此，布拉洛与朱迪斯的婚姻也走到了尽头，曾经使他们生活安定的爱与秩序，已被献祭给了性爱的试验场，他们再也回不去了。值得注意的是，结束这一章的是一桩凶杀案，另一个参与性爱试验的女人被亲生儿子枪杀了。特立斯的笔触如手术刀一般犀利精确，伸展到了人物内心深处，方有如此奇异而复杂的内心景观的呈现。

　　书中对20世纪60至70年代美国社会的描写，笔墨宏阔处，有曼彻斯特《光荣与梦想》般的开阖有致，小处落墨，则时时贴着肯尼迪时代那种古罗马式的享乐主义风尚去写。那是个到处充满着暴力、疯狂和自我毁灭行为的糟糕的年代，那也是个空气中到处飞扬着荷尔蒙的年轻的年代。"开车也是种性感的体验。""要想通往她的心，一定得用大师级的技巧经过她的下身。"男读者们想象着查泰莱夫人"凉凉的手指"摸过自己肿胀发热的器官，而来自南加州或芝加哥的好人家的姑娘，也梦想着用自己乐器般的身体一夜爆红。想想那些流行杂志的名称吧，居然叫《搞》！

　　在全书的第二十五章（也是最后一章），特立斯让自己出场了，他用的是煞有介事的第三人称的口吻："43岁的特立斯瘦而矫健，黑眼睛，一头棕发已经开始变灰。"他这样写的时候，与过去的自己拉开了距离，有了一种戏剧性和陌生化的效果。他在砂岩俱乐部做了一场关于美国性爱的演讲。他宣称，这个国家正在发生一场感官世界无声的革命，在与老派的习俗决裂，而这也是他下一本书关注的主题。

在这场演讲中，他也向俱乐部的成员们回忆了自己走入纽约住所附近的一家按摩院，花十八美元"享受"一次服务的经过，那是一个来自南方亚拉巴马州的姑娘，金发，脸上有雀斑，身材健美，她第一句话这样问："油还是粉？"他说，这次经历帮助他开启了在性爱世界里的奥德赛之旅，自那以后的两年时间，他拜访了纽约的数十家按摩院，认识了不少店主和女按摩师。他邀请她们吃饭，让她们接受采访，得到的许可是可以在即将出版的书里出现她们的真名。他还潜入几家按摩院做义务经理，让按摩师帮他记工作日记，与上百个男性顾客闲聊后，他发现，在很多方面，他就是他们。

　　之前我们已经习惯了不温不火的第三人称叙事，叙述者的突兀闯入使视点发生了变化，读者突然醒悟，这一切乃是正在进行中、远未结束的生活，此时的阅读和写作一样，成了一场充满激情的冒险。写作这本书期间，特立斯一直在调查美国的性爱状况，他出入商业区、红灯区、电影院和地下酒吧，采访普通男女、公民领袖、检察官、辩护律师、专情的夫妇和公认的浪荡子。他和按摩院经理哈罗德·鲁宾就是这样认识并结交的。此时的鲁宾已经过起了正派而保守的生活，只有壁橱里封存着的一叠20世纪

50年代的裸体杂志提示着他曾经有过的黑暗而狂热的青春岁月。他还采访到了那个年代大部分男子性幻想的中心黛安娜·韦伯，这个曾经的裸体模特已经结婚二十年了，成了一个社区的女子舞蹈教练，说话的语气就像讲课，丝毫没有老照片上的奔放撩人。时间永是轮回，一代少年成为观念日趋保守的大叔，而新一波少年正成群结队穿过青春期的黑色沼泽。

在拜访砂岩俱乐部前，特立斯所有的调查都是通过按摩院、性酒吧、现场表演进行的，他还没有为进入这样一个情爱公社做好准备。本来只安排了一个白天顶多到晚上的采访，后来他在这里生活了将近两个月。他以一种惊人的坦白说，他从没有见过这样一个情爱共和国，在这里，没有双重标准，没有用钱交换的性，不需要保安和警察，也没必要以性幻想作为兴奋剂。

在这场不无危险的写作过程中，他已经把自己深深卷入其中了。他的"观察-参与"的调查方法，已经比人类学家的田野调查走得更远。去按摩院打工、短暂加入裸体主义者营地……特立斯在把冷峻的笔伸向这群性运动大潮中的人的同时，还试图把自己的婚姻作为下一本书的写作对象，为此，他决定像对待第三方一样调查自己的婚姻。

他收集了婚姻生活中保存下来的许多书信和照片，还雇用助理采访自己的妻子，让她说出内心深处的真实想法。这差点倾覆了他持续十多年的婚姻，他的妻子离家出走了。到了最后，他们的婚姻"带着某种不确定的和解氛围持续了下来"。这一波生活的浊浪也差点让特立斯呛水。

而这并没有让这个调查者和作家改弦易辙，他对身体和性爱这块禁地的狂热兴趣丝毫未减。《邻人之妻》的结尾写道，特立斯结束砂岩俱乐部之行后回到新泽西州大洋城，在公园河边的滩地上，他和一群裸体主义者在河边漫步、躺卧，这些人里有皮肤松弛的老人，有美丽或不美丽的女人，也有男孩和女孩，远处有船经过，很多乘客拿着望远镜，在阳光下眯着眼睛窥看，特立斯以一种故作超脱的口吻说："他们是不加掩饰的窥阴癖，正凝视着他；而特立斯回之以凝视。"那一刻，他一定是以冷笑的表情说出这番话的。

《邻人之妻》书中人物渐次出场，多而不乱，杂而不散，是纪录片的节奏，间或夹杂着一丝时代的嘈杂。人物内心的叙写，则如同一部抽丝剥茧的心理分析小说，时而冷酷，时而又有着茨威格式的热切与忧伤。这是一部有着巨大文学野心的作品，特立斯的自我期许，是希望他可以与菲利普·罗斯、厄普代克等同时代虚构作品的大师们一较短长。他做得很不赖,《邻人之妻》在许多方面已经超越了同时代的大多虚构作品。但只因为他写的不是小说,小说的"沙文主义者"们便说他离真正的文学仍有距离,这是对特立斯最大的不公,据此也的确可以说,小说已死。

阅读链接

[美] 盖伊·特立斯著,木风、许诺译:《邻人之妻》,上海人民出版社,2018年。

黑暗中缓慢摸索

奇异的互文

克莱尔·吉根十七岁那年离开爱尔兰农场，前往美国求学，这段经历让我想到了前些日子看的电影《布鲁克林》。约翰·克劳利执导的这部片子里，爱尔兰姑娘艾莉丝因家乡工作前景渺茫，怀着对大城市的向往，离开爱尔兰小镇来到美国时，也是当年的吉根这般年纪吧。吉根结束美国的学业后回到爱尔兰，后来成了一名短篇小说作家。电影中，艾莉丝到美国后有了一份不错的工作，与意大利裔男孩、水管工托尼相恋，后来回到爱尔兰度假，她的母亲千方百计想把她留下来。艾莉丝意识到小镇生活的阴暗无聊后，克服诱惑，重返布鲁克林，回到了她自己的新生活中。一个年轻小说家的经历和一段电影故事，因阅读和看片的时间邻近而联系在一起，也是一种奇异的互文吧。

吉根自称是整个爱尔兰唯一能养活自己的短篇小说家，从她作品的表现来看，这话应该没有吹嘘的成分。迄今为止，她也就出版了四部短篇小说集：1999年的《南极》，2007年的《走在蓝色的田野上》，2009年《纽约客》杂志发表的《寄养》，译成中文约七万字，一个不长的中篇故事，以及2021年的《像这样的小事》。

《南极》获得了2000年度鲁尼爱尔兰文学奖和《洛杉矶时报》年度图书奖，《走在蓝色的田野上》获得了在英语文学界有一定影响的边山短篇小说奖。《寄养》因小说家理查德·福特的青睐，获得了戴维·伯恩爱尔兰写作奖。以几册薄薄的集子便跻身世界一流作家之列，可见旧有的文学秩序——获奖、著名作家抬举——的青睐，依然是小说家成名走红的捷径。

简体中文版的克莱尔·吉根的小说，《走在蓝色的田野上》收入人民文学出版社"短经典"文丛，《像这样的小事》和《走在蓝色的田野上》一样由马爱农翻译，译笔很好地传达出了吉根小说特有的那种潮湿、冷峻、细腻、周致的文学气息。《南极》引入后被收入浙江文艺出版社的"经典印象"译丛，姚媛的译笔也堪称上佳。《寄养》则由青年作家七堇年翻译。

沉默的黑暗故事

吉根是个自觉的短篇小说作家，她的写作很节制，也很聪明，对叙事的把握有几乎天生的敏感。读她的短篇小说，如同浸入冰凉又明亮的海水，海风吹过，暗流涌动，让人不知所措。这种感觉就好像看画家徐累的画，画面上经年游荡着的马、鹿和其他禽鸟，它们在水中浸足而立，背负青花、帷幕和重屏构建的密室，如同一重重迷宫。大凡这样去写、去画的，都是内心的诗人，都是在凝视着内心的幻象，这种凝视既指向感官，也指向精神。

此种精神为何？它就是吉根说的"人与人之间的沉默、孤独以及爱"，是爱尔兰现代社会中的欲望、绝望和抗争。她笔下的爱尔兰乡村，男人忙于生计，女人憧憬着爱情，孩子们孤独成长，牧师则纠缠于神职和情欲之间。有人内心狂乱，有人痴情不改，光怪陆离，人人都困在局中。

在吉根看来，短篇小说这一艺术形式，天生就是用来勘探这种精神困境的。1994年，刚开始写短篇故事的时候，她就欣喜地发现了自己的天赋。她说："文学令人愉快，也因为写出某些美丽的东西几乎是可以做到的，不去做它是一个耻辱。"

吉根的笔触是冷的，风景冷，内心也冷。人的情感，尤其是微妙的欲望，一直是她关注的重心所在。她的文字，似乎笼罩在爱尔兰清晨的淡蓝色雾气里，一点清新，一点神秘，再加一点暗黑。

《走在蓝色的田野上》中的第一个故事《离别的礼物》，是一个黑暗肮脏的故事。它讲述一个年轻女孩的逃离，逃离亲生父亲长年对其身体的侵犯。小说的叙事时间只有短短一上午：从这个年轻女孩起床后准备动身到飞机上的哭泣。"父亲搬到了另一个房间，你母亲总是在他生日时跟他做爱。母亲去他的房间，他们就在那里求欢……后来，连这也停了，你被打发过去，陪你父亲睡觉。大概一个月一次……"叙述很克制，少见的第二人称，可能是为了让读者找到代入感，去感受女孩的耻辱。

动身出发去机场前，母亲告诉女儿，父亲想最后找她谈谈。女孩于是上楼去和父亲道别，以为父亲或许会给她一份离别的礼物。但这个父亲终究什么也没有给她。"你等着他把钱包拿出来，或告诉你钱包在哪里，让你去拿。结果，他把他的手拿了出来。你不想碰他，可是说不定钱在他手里。焦急中，你把手伸了出去，他握了握。他把你拖到他身前。他想吻你。你不用看就知道他在笑。你挣脱了他，转身走出房间，但他叫你回去。他总是这样。他知道你以为什么也得不到了，就会把东西给你。"

这个狡诈、无耻的父亲继续在侵害她，而她仍然习惯性地没有反抗。小说最后，女孩的哥哥开车送她到了机场，当她迈过安全门时，她才意识到，一个正常的世界回来了，"在另一边，灯光明亮"，空气中弥漫着香水味和烤咖啡豆的香气。"你推门，门开了。你经过亮闪闪的洗手盆，镜子。有人问你没事吧——多么愚蠢的问题——但你忍着，直到打开并关上另一扇门，把自己安全地锁在小隔间里，你才哭了出来。"

如果我们在旅途中，看到一个女孩这么旁若无人地哭泣，怎么会想到她背后还有那些黑暗的故事？好在，她走过一道又一道门，把黑暗撂在后面了。

《南极》写一个中产阶级女性的出轨。在情欲的驱使下，这个女人坐火车进城，住进了一家旅馆。"每次那个婚姻幸福的女人离开家时总会想，如果和另一个男人上床，感觉会怎样。那个周末她决定试一试。"

精心装扮后，这个女人果然在酒吧里搭讪上了一个男人。他们喝酒、打台球，并且如预料般上了床。整个过程中，这个已经上了年纪的女人十分疯狂。但在她准备离开的时候，事情失控了。男人把她带到了自己家里。当她醒来的时候发现自己的手腕被铐在黄铜床头板上。一场虐恋游戏后，男人离开了，把她留在房中。

这时她才痛悔，再也不能回到丈夫和孩子身边了。"她能在黑暗中看见自己的呼吸，感到寒冷正慢慢笼罩住她的头部。""她想到了南极，雪和冰和探险者的尸体。然后她想到了地狱，想到了永恒。"女作家初登文坛，写情、写色，都是有点狠的。

蓝：爱尔兰的原色

吉根缓慢地写着，叙事变得坚定，也自觉了。这显现出她对短篇小说的掌控能力在提高，紧绷着的心似乎也松弛了。短篇小说是一种紧张的文体，后面的句子总在驱赶着前面的句子，恰当的松弛反而可以让小说"飞"起来。

用作书名的《走在蓝色的田野上》，是两本集子中最为抒情、动人的篇章。这是一个相爱又不能在一起的哀伤的故事，吉根讲述得隐忍而克制。小说的主人公是一个牧师，他曾经因为信仰放弃了对一个姑娘的爱，现在，这个姑娘要结婚了，牧师则是婚礼的主持人。

小说开头，牧师在等待新娘的到来，曾经心爱的姑娘嫁作人妇，他的心情是不平静的，这样的场景甚至有些悲伤："这是一个令人神清气爽的日子，天气晴朗，有风。五彩纸屑被吹散在墓碑上、人行道上，和通往墓地的小路上。那棵紫杉树上，有一小片面纱迎风发抖。"

牧师和新娘的这层关系，小说开始并没有交代，而是从婚礼缓缓展开，一点点地从新娘、牧师的动作和情绪展现他们的过往。所以，整个故事是一个倒置的视角，小说开头的婚礼场面，其实是两个爱而不得的人充满遗憾的结局。

婚礼中的合影环节，两人也都尽量克制着情绪。神父凑过去，但并没有碰到她，他注视着她头皮上的那道白线把富有光泽的红色秀发一分为二。她看上去很平静，但手里的花束在颤抖。"你肯定冷了。"他说。"没有。""肯定冷了。"没有,"她说,"什么感觉也没有。""终于,她看着他了。一双绿眼睛冷冰冰的,看不出任何表情。"

然后出现了有关珍珠项链的细节。舞会上,新娘的珍珠项链断裂了,滚落到了牧师脚边。这无疑是难堪的,却使他们有了一次近距离的面对面。牧师回忆起了和这姑娘的一次次幽会,他的宁静被打破了,因为"温柔比伤害更让人无力招架"。当时两人偷偷恋爱时,新娘曾要求他放弃神职娶她,牧师没有这么做,才有了今天这场婚礼。他开始心疼新娘,后悔没有带走她。他想,如果新娘落泪了,那么他将放弃神职,带她离开。

但这姑娘太骄傲了,她强忍着,不在牧师面前掉下眼泪。"他看着她摊开的掌心里细细的纹路,看着珍珠一颗颗增多。他又抬起目光看着她的脸。"新娘的脸,再度离他远去了。一出无言的悲剧戛然而止,故事没有朝着读者期望的方向发展。

这一紧张的场面过去后,吉根再次让叙事松弛下来。她写道,牧师离开婚礼现场,向郊外的田野走去,这一回,真的是风轻云淡了。

牧师顺着田野上的一条小路去找了一个中国按摩师。最后他重归了宁静,坚定了自己作为一名神职人员的信念。"上帝在哪里，他曾经这样问，今晚上帝回答了，周围的空气里弥漫着野醋栗丛的浓郁气味。一头绵羊从沉睡中醒来，走过蓝色的田野。头顶上，星星慢慢滑入自己的位置。上帝就是自然。"这样的笔墨，如有神助。含蓄隐晦的东方文化符号的出现，在新一代欧美小说家那里可能也是一种时尚，就像20世纪60年代中国唐朝的寒山诗在激进青年中的复活。

《护林员的女儿》写爱尔兰传统家庭，似乎同样是黑暗的。男主人是个护林员，耕种放牧，女主人操持家庭，一家子过得平淡而乏味。偏偏这家的女主人玛莎是个对生活有期待的人，有期待就会有痛苦，所以总想着从这个荒凉的地方逃离。于是出现了一个玫瑰花商人，一段孽缘，她生下一个女儿。

小说里有一只叫法官的猎狗。它是护林员捡的，给他女儿当玩伴。护林员知道女儿不是亲生的，自然不爱。这个男人也够倒霉的，被戴了绿帽不说，亲生的儿子还是一个白痴。就这样的生活，人到中年，大势已去，下半辈子不过走下坡路罢了，但他还是会有对爱的缺失的痛憾。那只狗被原主人带走后，女孩问她母亲："你知道什么是爱？"这话是要把大人给噎着的。最后法官回到了那小女孩身边，他们的房子也被白痴烧掉了。可是谁在乎这场有点魔幻的大火呢？过去成为乌有，火光中，他们一家似乎是高兴的。

在这几个小说中，吉根一直让故事笼罩在她喜爱的颜色——蓝——里。飘着小雨的蓝色的天空，蓝色的火苗，蓝色的田野。蓝，那是哺育过乔伊斯、叶芝的爱尔兰的原色，也是梦幻的色彩。

蹚入欲望的深水区

新修订的《走在蓝色的田野上》收入了《漫长而痛苦的死亡》，和《南极》一样，这也是一个"旅馆小说"。离开田野和农庄的女性下榻于某个旅馆，说明她们有欲望，希望在路上发生些什么。

《南极》寒冷而绝望的结尾，宣告了中产阶级妇女情欲梦的破碎。《漫长而痛苦的死亡》里，女性则在努力脱离男权社会的注视。

这个小说的主人公是一个女作家，她在生日那天驱车来到海边的一个旅馆，这个旅馆曾经是获得诺贝尔文学奖的海因里希·伯尔的故居。作家在旅馆里喝咖啡、做蛋糕、读小说，去海边游泳，看一群可爱的小母鸡跳进悬崖上的沙土里，一个人优哉游哉。这时闯入了一个不速之客，一个德国男子似乎在窥视她。在一次造访中，男子开始对她的生活指指点点，一边心安理得地吃着她烘焙的蛋糕，一边指责她不该在这么神圣的房间里做蛋糕，不该脱光衣服在海水里游泳。"你不知道海因里希·伯尔拿过诺贝尔文学奖吗？"

女作家把这个讨厌的男子请走了。她走进伯尔的书房，开始以这个男人为主角写一部小说，并在小说里为他营造一个悲伤的人生和漫长而痛苦的死亡。

　　她感到新一轮困意袭来，但拼命克制着，继续埋头写作，写了一页又一页。她已经在时间和地点上有了切口，往里注入了一种气氛，还有渴望。在这些纸上，有土地，有火，有水；有一个男人、一个女人，还有人的孤独。这次写作有某种本质的、朴素的东西。

女性的写作，似乎是为了营造一个独处的空间，反抗男权社会对她们的品头论足。这对她们来说是"本质的、朴素的东西"。

幻灭也好，反抗也好，都是女性写作的一个面相，她们心灵深处渴望的，还有亲情和温暖。《寄养》就是这样一个小说。

这个小说的开头，一个穿着薄薄的棉裙子、脏凉鞋的小女孩被她父亲开车送去海边，那里是"我母亲那边亲戚们的老家"。小说在这里有一段景色描写：天气很好，天空一片湛蓝，明亮的光线夹杂着碎碎的绿荫洒了一路。这般坚硬、干净的笔触贯穿始终，已经没有了爱尔兰农场的那种薄暮般笼罩的阴湿感。

小女孩佩妥被送走寄养，是因为家里穷，她妈妈又快要生育了。她来到养父母金斯莱夫妇家里，开始是小心翼翼的，但她马上发现她的小心是多余的，养父母完全接纳了她。他们给她洗热水澡，给她换上干净的衣服。他们一起打水，做家务，烤面包，上镇子，做弥撒。直到有一天，一个邻居告诉小女孩，她穿的那件蓝色短衫和海军蓝裤子，是金斯莱夫妇死去的儿子的。

邻居的话揭出了这个家的一个痛苦回忆：他们的儿子跟着一只狗玩耍，掉进池子淹死了。失子后的金斯莱夫妇，是把收养的女孩作为缅怀，才让她穿死去儿子的衣服。

小说里有一段对话特别好，金斯莱夫人告诉女孩，说这个家里没有秘密，因为有秘密的地方就有羞耻，而他们不需要羞耻。

这对夫妇很快修正了这一不妥的做法，他们给予家庭的新成员——这个女孩更多的疼爱与欢乐。而女孩也爱上了这个"没有秘密"的家。

这是一个去故事化的小说。几乎没有悬念地，女孩被送回到她父母身边。金斯莱夫妇离去时，女孩追了出去，小说写到这里时用了一个句子："我拿着我的心飞快地跑着。"

这是一个能够照亮小说结尾的好句子，但也仅止于短篇小说而言。长篇小说光靠这样灵光一闪的好句子还不够，它毕竟还要有更具分量的东西去支撑。

但在这里，不妨我们和吉根一起，为这个女孩和这对夫妇的故事感动一回：木栅门打开，她扑进了那个男人的怀里，透过他整洁的衣服，她能闻到他的体温，她把他抱得那么紧，"就好像我一被放开就会溺水"。小说的最后一行字是爸爸。她呼唤这个男人：爸爸。

这或许就是同行们说的，吉根小说"对生命的重要过程和结局的耐心关注"。

正因为生命的不确定性，才需要我们给予它那么多的关注。而小说也是不确定之物，作者的想法不确定，笔下人物的欲望不确定，故事的走向不确定。在某次写作课上，吉根提到一句爱尔兰俚语："我们什么事也做不了"，英语是"We are in the middle of things"，直译过来是"我们在事情的中间"。小说家的工作有点像这句俚语说的，很多时候，人被他自己制造的人物和幻象困住了，他无能为力，只能任由情节发展下去。

　　这就像作家的小说写到中途，什么都做不了。主角正在进入自己的深水区，去触碰自己的麻烦——自己的欲望之物。

怎么办？除了在黑暗中缓慢摸索，观察人物如何面对欲望，可能也没有更好的办法。顺着人物的情感逻辑，总会有一个结局等在前方。

阅读链接

[爱尔兰] 克莱尔·吉根著, 马爱农译:《走在蓝色的田野上》, 人民文学出版社, 2011年。

[爱尔兰] 克莱尔·吉根著, 姚媛译:《南极》, 南海出版公司, 2018年。

[爱尔兰] 克莱尔·吉根著, 七堇年译:《寄养》, 南海出版公司, 2015年。

在纸和墨水的暴风雨中

—— 历史、小说、电影三重叙事下的一个故事

罪夜枪声

在写下《牛津英语词典》的编纂历史之前，英国作家西蒙·温切斯特写下了这个辛酸而悲哀的故事。小说主人公——默里和迈纳——历史上确有其人，他们是为词典编纂做出过重要贡献的两位语言学者：一个是主编，一个是参与这项工作的志愿者。

一部以人类知识为背景的非虚构小说，似乎一开始摆出的是一副拒绝读者的姿态。但好在，故事里的这一对人物关系足够坚固：人物本身的传奇性，以及他们的高度相似性。让读者惊讶的是，小说主人公之一，"疯子"迈纳，

还是一个杀人犯。

小说开场"兰贝斯沼地的死寂之夜",展现的是一个凶杀案现场。在伦敦泰晤士河边贫民窟的一条街道上,凌晨两点,突然爆出三声枪响,一个上早班的工人被一个来历不明的男子枪杀了。这个维多利亚时代寒冷街头发生的罪恶一幕,有着侦探小说的所有要素,当读者期待着这桩凶杀案水落石出时,故事的河道却陡然转了个方向,折向了围绕一部词典的编纂所发生的人和事,这部词典——《牛津英语词典》——是自从印刷术发明以来人类历史上最浩大的智力工程之一。

小说接下来如同一篇学术论文一样介绍了英语世界里词典的历史。四百年前,当莎士比亚写下他不朽的戏剧的时候,还没有现代意义上的词典这东西,他无从查询一个单词的原义和衍生义,更无从去验证拼写是否恰当。在那个时代里,尽管作家们狂热地写作,思想家们的思考也空前活跃,但这个世界还找不到一本语言指南或者手册。当然,对莎士比亚这样富有创造力的天才来说,有没有一本词语参考书无关紧要,但是,如果没有一本词典把词汇的拼法、来历、意义说清楚,也是人类智力发展上一个令人遗憾的缺失。词典的编纂,如同上帝造物,实际上是要赋予人类的知识一个秩序、赋予世界一个秩序。

因此有了19世纪50年代，由英国语言学会发起的编写词典的宏伟构想。尽管在这之前，一些杰出的文人诸如塞缪尔·约翰逊也编过词典，但无疑，这次的构想要来得更大。它要描绘的是英语的全部词汇，每一个词，每一点细微差别，每一个意义、拼法、读音上的差异，每一个词源演变的转折，每一位英语作家可供阐释词义的引语……总之，它的核心就是要呈现每一个词的历史。用西蒙·温切斯特在小说里的话来说，这部巨著的创建是"英语文化的英雄史诗"。

最终，这项庞大的工程于1928年完成，十二巨卷初版《牛津英语词典》，"每一卷都如墓碑一般大小"，词典给414825个词下了定义，采用了1827306条引语，字母与数字的总数达227779589个，铅字排列起来可达178英里，整个工程耗时七十年。诚如当时的词典主编克雷吉所说，大词典涵盖了英语国家所有的历史、小说、诗歌、戏剧，"它们站起来，有如强大的军队"。第一版制作出来的两部词典，一部送给了英国国王乔治五世，另一部送给了美国总统柯立芝。某种意义上，这两人也是现代世界秩序的立法者。

"词屋"主人

　　顺理成章地，故事的另一个主人公登场了，出身寒微、对知识充满不倦渴求的语言学者詹姆斯·默里。他是苏格兰一个布店商人的长子，做过教师、银行职员，对语言有着一种信徒式的热爱。在语言学会1876年的一次会议上，默里接过了主编这本词典的重任。他在牛津的家旁边建了一间缮写室，命名为"词屋"，内置一个有着1092个格子的木箱和大书架。此后约半个世纪里，他投入了这项苦役般的工作。

　　默里赞同他的前驱者们的一个说法：词典是一座历史纪念碑，也是一个民族的秘辛。同时，词的含义的曲折多变，"几乎每个词都像鱼一样滑来滑去"，让他意识到，这么庞大的一项工作不是凭着个人力量能独立完成的，必须有成百上千不领酬金的志愿者和非专业工作者加入到这项工作中，"一部伟大的新词典应当是民主的产物"。

　　于是，默里博士通过报纸、书店、图书馆发出了他的征稿启事，呼吁有志于此的读者细读一切英语文献，查遍伦敦、纽约所有报纸和杂志，发现更多的词汇和引文寄往

"词屋"。他有一个匠人式的信念："如果一个人要做一百辈子，那么一百个人做一辈子，就必定能完成。"他在信中告诉志愿者们："这是漫长的征程，但我们能托起这门语言。你们这些志愿者，就好像梯子上的横档，让我们得以把英语托到天堂的门口。"

很快，词典编辑们收到了众多志愿者来信。但由于志愿者阅读水准参差不齐，大量词条不过是一些废纸。这一漫长的过程中，一个叫威廉·切斯特·迈纳的人进入了词典编纂学者们的视野。

此人虽只是数千名志愿供稿人中的一员，但他的贡献无人能出其右，二十一年间，他竟然独自贡献了十几万条引语，一一注明词源、变化，引文多半来自古老、珍贵的书籍，不仅提供词汇和引文，他还发明了独特的检索方法。且此人身份神秘，虽然他栖身在伯克郡克劳索恩村一个叫布罗德莫的地方，距牛津不到四十英里，坐火车也只有一小时的车程，但从来没有一个人见过他。

默里越来越迫切地想见到这个神奇的学者。他一直想当然地以为对方是一个有着不凡的文学趣味，且有着大量闲暇的医生，而布罗德莫这个地名，听起来也像伦敦近郊一个美丽平凡的村子。于是在一个秋日，他带着一本词典样书，按着通信地址，从牛津坐着火车来到了克劳索恩村。

在一所森严的红砖大楼里的一间图书室里，他见到了一名男子，男子自称是布罗德莫精神病院的院长，说来人要找的那个迈纳医生，是一个因犯杀人罪在此地禁闭了二十多年的精神病人。两个本无任何交集的男人，他们三十年之久的交往，就这样开始了……

遥远的相似性

于是，小说又重新接续起了伦敦郊外兰贝斯沼地那个恐怖的晚上。一个类似博尔赫斯笔下恶棍们出没的街角，一个人向着一个陌生男子连开数枪，同时也在地狱之门上连叩了数下。凶手威廉·切斯特·迈纳，美国陆军外科军医，出身一个背景良好的家庭，在耶鲁受过大学教育，因在美国内战中受到血腥场面的刺激（他曾被迫令在一个逃兵的脸上打下火烙），患上了严重的被害妄想症和精神分裂症。战后他只身来到伦敦，事发当晚正逢他发病，幻觉中以为有人闯进屋要来杀他，于是那个叫梅里特的不幸男子撞上了他的枪口。事后经法庭审理，迈纳被关进布罗德莫精神病院，成了一个永久拘押的病人。

在精神病院里，迈纳继续受着病魔的折磨，几乎每晚都在幻觉中看见魔鬼从天花板、砖头缝间爬下来伤害他，在书上乱画，偷走他的笛子。就在接受治疗的这段时间里，狱卒送给他一本夹着"牛津词典编纂邀请函"的《项狄传》，他看到了默里博士发出的征集词条的启事，于是开始向"词屋"投稿。法尔哈德·撒夫尼亚导演的同名影片《教授与疯子》里，迈纳医生读到这则启事后大声指挥起了狱卒："墨水，我需要墨水，还有纸，要很多很多纸！"

这个性情阴郁的杀人犯一直被囚禁在精神病院里，自从参与了词典编纂工作，他觉得自己又从事起高尚、光明的职业，回到了真实的世界。他以一种令人吃惊的疯狂劲投入到这项工作中去，信件源源不断地从布罗德莫这个地名飞向牛津的"词屋"，他成为词典编纂工作中不可或缺的一员。

一个被疯狂的战争毁了的医生，现在以另一种疯狂投入到了一项智力活动中去。这项工作拯救了他时常被妄想症折磨的大脑，使他沉浸在了学术创造和词汇探索的小天地里。某种意义上说，那些词典纸条就是他的治疗手段，是他的药物，知识就是他的救赎。小说这样描述沉浸在工作中的迈纳：

> 于是迈纳从抽屉里取出四张白纸和一瓶黑墨水，挑选了一支笔尖很好的笔。他把纸折成一叠，共八小页。然后，也许最后再看一眼窗外郁郁葱葱的田野，便定下心来读书了。

其实，这何尝不是另一种囚禁？莫里和迈纳，一个在牛津的词典编纂总部，一个在精神病院的高墙内，但他们的境遇却是出奇的相似，他们都被禁锢在一排排的书架中间，囚禁在无边的知识中，都只靠信函与外界往来，他们一同湮没在了"纸与墨水的暴风雨中"。

小说描写这两个语言学者的第一次见面，重点说到了他们外貌的相似，"如果面对面猛然一看，双方也许会觉得是在照镜子"：都是高个子、秃脑门，都有一双深陷的眼睛，都是钩鼻子，甚至他们又白又长的胡子也相似。同名影片中饰演默里和迈纳的是两个老戏骨：梅尔·吉布森和肖恩·潘。他们坚毅、专注的目光都透着自我燃烧式的疯狂，近乎完美地呈现出了这种遥远的相似性。不同在于，迈纳的眼神中还有一丝躁狂、忧郁和不易察觉的绝望。

这样的会面以后还有许多次。在精神病院"高地"的树荫下，两人一起散步、朗读、喝下午茶、讨论词语，一个人就好像另一个人的影子。默里用勤奋追求梦想，迈纳用知识化解罪恶。两人境遇虽不同，却因为编纂词典这份宏伟事业，结成了莫逆之交。小说这样形容他们之间的关系：包含着崇高的学术追求、强烈的悲剧感、维多利亚时代的含蓄、深沉的感谢、相互尊重，以及慢慢增长的友好，这是同道中人才会有的亲密友情。

福柯说，欲望、疯癫、看上去最无理智的激情，其实都是智慧和理性所派生，是自然秩序的一部分。往往在疯癫中，人身上一切被道德、宗教所窒息的东西会得以复活。福柯还说，在我们这个时代，疯癫体验已经在一种冷静的知识中保持了沉默，但在一些如划破夜空的闪电般的作品中，如荷尔德林、奈瓦尔、尼采及阿尔托的作品中，我们还可以看到它的影子。在编纂大词典的默里和迈纳身上，我们看到这种癫狂一直潜伏在人类理性的背后。理智与癫狂是一枚银币的两面。

当西蒙·温切斯特着手写《教授与疯子》时，这个故事已经封存了一个多世纪。

如果爱，那又怎样？

迈纳因为无意中错杀人陷入了深深的自责，他把编纂词典作为治疗和救赎的手段，同时，他也希望通过向受害人的家属提供帮助来减轻罪责。当他得知受害人的遗孀伊丽莎和六个未成年子女陷入生活的困顿时，他请求把军队退伍时的一笔抚恤金送给这个遗孀。

开始，伊丽莎非常痛恨这个颠覆了她平静生活的疯子，拒绝他的钱，但后来她还是宽恕了他，去精神病院看他。识字不多的伊丽莎还从伦敦的书店买书寄给他。因为她发现，这个人也有着一颗受苦的灵魂。女性的仁慈，使她即便身处底层也想着拯救。

迈纳希望教伊丽莎认字，再让她回家教给孩子们。"大脑比天空辽阔，因为，把它们放在一起，前者能轻松地包容后者，还有你。大脑和上帝重量一致，因为，把它们称一称，磅对磅，它们如果有区别，就像音节不同于音响。"当他把艾米莉·狄金森的诗句读给伊丽莎听时，或许已经暗生情愫。还有一次，他告诉伊丽莎阅读带给自己的快乐，"让我教您吧，这是自由，梅里特太太。站在书脊上，我能飞出围墙。乘着文字之翼，我去过天涯海角。我阅读时，后无追兵。在阅读时，我才是那个追逐上帝脚步的人。我恳求您，和我一起追逐吧"。他说这些话的时候，直视着伊丽莎，目光中似有火花闪烁。

电影中饰演受害者遗孀伊丽莎的娜塔莉·多默尔，曾在前些年热播的美剧《权力的游戏》中出演高庭小玫瑰玛格丽·提利尔。电影中，她一头长长的棕色鬈发，麋鹿般温柔的眼睛，满是雀斑的脸，对一个纠结于爱与不爱的底层女性有着几乎称得上闪光的表演。

伊丽莎想要帮助迈纳治愈疾病，于是鼓动孩子们和他交朋友。然而，伊丽莎的大女儿还记得迈纳是枪杀父亲的凶手，一记耳光又将迈纳重新打落尘埃。再次见面，伊丽莎亲吻了伤心的迈纳，递了个纸条给他，上面写着：If love, then what? 如果爱，那又怎样？迈纳深知，自己偷走了她的心，这样做无疑再一次杀死了她的丈夫梅里特。他甚至认为，是他的男性器官支配了自己一生，使他做出了不体面的行为，于是，出于对性的恐惧和厌恶，年迈的他做出了一个疯狂的举动，他用一把削笔刀，以一种外科大夫式的冷静和专业为自己施行了阴茎切除手术。

小说写到这一节时的笔法，也如外科医生般锋利：他在磨刀石上磨快了那把刀。他用一根细线紧紧扎住阴茎的根部，用结扎压迫的方法阻止血液流通，等待了十分钟后，血管壁完全闭合，他便迅速一刀，把器官从离根部一英寸的地方切割下来。

小说前面交代，迈纳出身于新英格兰一个受人尊敬的家族，年轻时也曾追蜂逐蝶，享受性的快乐。此时，出于负罪感和日渐严重的妄想症，他走向了另一个极端，把自己的所有行为都归结于性欲作祟。也许这并不是因为伊丽莎，而是他一直在负罪的深渊无法自拔。

受害人遗孀到底有没有爱上杀人犯？真实情形是，她宽恕了他，去精神病院看过他，给他送去书籍，还有快乐，后来，这个陷于穷困的女人酗酒了，渐渐地从迈纳的生活中退出了。小说中，西蒙·温切斯特严格遵守了非虚构叙事的伦理，指出并不存在任何迹象显示迈纳和伊丽莎的关系超越了"正常、有礼和纯洁的范围"。但影视不是小说，更不是历史，小说展现的关于知识的癫狂叙事，大可以从容不迫，细细道来，电影捕捉的是人的情感的冲突，要把救赎与宽恕的主题以一种极致的方式推到观众面前，导演让伊丽莎爱上杀死她丈夫的凶手，这样的处理也不算太违和。

电影中，迈纳把自己的痛苦告诉了默里，默里给了他一个词，Assythment，补偿。按照英国法律，受害者的妻子和家庭有权利获得赔偿，这意味着偿还一切。而迈纳在那张纸条上的回复则写道：不可救赎。他爱上了伊丽莎，他对这个女人心存愧疚。而所谓爱，不也就是对一个人心存愧疚的感觉吗？

影片最后，伊丽莎见到了迈纳，说了一句话：If love, then love。如果爱，就请深爱。但那时的迈纳因持续的疯癫和强制治疗，已经形神分离，成了一具只会喘气的肉体。

命运总算做了仁慈的安排

迈纳自残后，精神病院的管理层也变动了，他的生存环境变得更艰难。这时的他已经七十多岁了，孤独的包围中，他出现幻觉的时刻也越来越多，他说他的眼珠经常被鸟儿啄出来，说有人拿着金属漏斗往他嘴里灌食物，又说几十个小矮人藏在他房间地板下，他们是地狱派来追杀他的。

健康状况已经使迈纳无法集中精力编纂词典。默里认为，自己有责任帮助这个已经没有危险性的病人重获自由，回到美国去。他联络了迈纳在美国的家人，为迈纳出院到处奔走，当遇到院方的阻拦时，他甚至找当时英国的内务大臣丘吉尔签发了释放令。

"命运总算做了仁慈的安排，"西蒙·温切斯特这样写道，"1910年4月16日清晨……默里爵士夫妇在春天微弱的阳光下与迈纳握手告别，每个人的眼里都闪着泪光。"

同名影片中，默里找丘吉尔签署释放令，是在悉尼大街一幢混乱的大楼里。一帮武装的拉脱维亚人聚集在楼里，皇家护卫队包围了大楼，丘吉尔心情很不好，派人传话说他没空见。默里不想放弃，在大厅中隔着墙向丘吉尔喊话，影片在这里有一段很长的台词："先生，请原谅我的莽撞。我不认识您，先生，也不知道您是什么样的人，但是您忙碌的办公室让我相信，您正是我希望的那个人。您的决定影响着这个国家的每个生命，而我为了其中一个复杂的、饱受痛苦和悲伤的人，站在你面前。尽管如此，但也是一个生命，值得被尊重。请给我一个机会让我解释这一切。拜托，先生。"

此时，梅尔·吉布森执着的目光透过银幕看着观众，他这段长长的台词所传达出的人性的温柔与善良足以令人动容。

小说写道，回到美国十年后，迈纳在康涅狄克河畔的一座大宅里于睡眠中安静去世，死后葬在贫民窟边的一个墓园里。而他的朋友默里，已先于他五年去世。到那时，他们共同编纂了几十年的词典，还需八年，亦即1928年才能正式出版。

几十年里，迈纳在克劳索恩的精神病院靠着编纂词典缓解他的妄想症，要是他没有罹患妄想型精神分裂症错杀无辜，要是他没有被囚禁在精神病院，他也就不可能有如此海量的阅读，不可能带着救赎的执念去从事这项苦役般的工作了。这么说，后世的受惠者是不是该为迈纳的疯病而庆幸？为这一可怕而奇特的经历降临到他身上感谢上天的安排？说来真是一个悖论。

长镜头、近镜头与放大器

这部小说的作者西蒙·温切斯特（中文名文思淼），是一个英国作家，年轻时在牛津大学学地质，后来成了一名媒体记者，为《卫报》《星期日泰晤士报》《国家地理杂志》等媒体撰稿，写过《世界边缘的裂缝》《改变世界的地图》等许多非虚构作品。他曾在香港住过十三年，还写有一本与中国有关的传记作品：《爱上中国的人：李约瑟传》。他的文学引路人，据他自称是非虚构名家简·莫里斯，一位参加过二战的前媒体记者。非虚构写作在欧美，总是与记者这个行当有着扯不清的关系。

20世纪80年代初的一次采访中，西蒙·温切斯特在仓库库房飞扬着灰尘的阴暗光线中看到了《牛津英语词典》最早的印版，他触摸着上面突出的铅字，感觉到，这件来自维多利亚时代、带着手工业时代痕迹的作品，是一个包含着知识所有秘密的"护身符"。随后，他又如历史侦探一般获知了默里和迈纳之间的辛酸又富有人情味的故事，由此开始，他写下了那部关于英语词汇学史、关于人类知识，更是揭示人性的崇高与卑微的小说《教授与疯子》。

西蒙·温切斯特最初想写的是精神病人迈纳通过编纂词典自我救赎的故事。但随着故事中人物关系的绞合与自发推动，他写下了关于两个"疯子"挑战命运不可能性的一部小说。从小说的结构来说，做这样的变动是完全必要的。因为仅仅单个的人物，不管其一生命运如何传奇，也无法撑起一部小说，即便是一部非虚构小说。

电影《教授与疯子》忠实地保留了小说的两条叙事线索。一条是默里，讲述这个以研究语言为全部生命的人，如何辗转于家庭和事业之间，凭借自身的智慧和勤奋为编纂词典做出巨大贡献。另一条线，则是游走在罪恶与救赎边缘的迈纳的故事。他们通过信件结成心照不宣的挚友后，影片中出现的两人在精神病院草地上对词的场景，真让人有伯牙子期知音之叹，电影的情感张力也体现在了两人一次次的对望和交谈中。两条线的交叉、扭合，再加入伊丽莎与纳迈的情感线，一个关于宽恕与救赎的好莱坞式故事的底盘才算是稳了。

小说《教授与疯子》出版后，有出版人对西蒙·温切斯特说，既然你写的故事只是历史的一个注脚，你为什么不去写历史本身呢？这就是他后来写下的关于大词典编纂过程的《OED 的故事》。在这部历史非虚构作品中，西蒙·温切斯特讲述了大词典编纂史上的特伦奇、赫伯特·科勒律治、费尼瓦尔等一个个纪念碑式的人物妙趣横生的故事，默里和迈纳的故事也嵌入了这个圣徒般的语言学者的长廊里。书的插页中有一张默里头戴四方帽的照片，他坐在光线阴暗的"词屋"的书桌前，屋内墙边挤满了木制分类架，里面塞满了成千上万的引语纸条。这个场景几乎不需要做任何改动，就可以进入电影版的《教授与疯子》里去。

从历史、小说到电影，故事还是那个故事，但读者和观众的每一次感受都是新的。非虚构写作以人类知识史的宏大背景，展现的是一代代语言学者建造巴别塔的故事。小说截取了其中的两个"疯子"式的学者，通过他们在纸和墨水的暴风雨中的一段人生，讲述的是挑战命运不可能性的故事。而到了电影，它成了一个关于爱、关于宽恕和救赎的更具普遍性的故事。

这个故事的三重叙事，如果用镜头来比拟：历史的展示是长镜头式的，小说则拉近了镜头，集中到了其中的两个人物，默里和迈纳身上，而电影对这个故事的演绎，则类似一个人性放大器，在这种放大中，历史成了一个壳，只有故事不灭。

阅读链接

〔英〕西蒙·温切斯特著，杨传纬译：《教授与疯子》，南海出版公司，2023年。

[英]西蒙·温切斯特著，杨传纬译：《OED 的故事》，上海人民出版社，2009 年。

长灯短檠

何谓理想生活

莎士比亚的妹妹

《一间自己的屋子》，是弗吉尼亚·伍尔夫1928年在剑桥大学纽南姆女子学院以"妇女和小说"为题所作的演讲。如果说欧洲小说的源头有二，一为水手归来讲述他的历险故事，二为妇女在客厅里打发无聊时间，伍尔夫的小说更可能归置到客厅小说或居室里的小说里去。在女性主义议论纷纭的今天，我们都应该重读弗吉尼亚·伍尔夫的这本小书，因为她说出了一个常识：一个女人如果要想写小说，她一定要有钱，还要有一间自己的屋子。

《一间自己的屋子》中，作古的主教说："猫不能进天堂。女人不能写莎士比亚的剧本。"女性的写作实在太难了，放在任何一个时代都难。她要生育，要养孩子，还要去职场打拼，面对男权社会形形色色的目光。对一个19世纪的女性来说，她要写作，最大的制约是环境。那时候的中产阶级家庭，一般都是合用一个起居室，女主人如果要写作，就得在那间公共的起居室里写。伍尔夫举简·奥斯丁的例子说，简·奥斯丁没有书房可去，大部分的写作都是在公共起居室里完成的，要遭受各种不相干的搅扰。她做得特别小心，不让用人和家人疑心她在写作，一听到门轴响，就把草稿藏好，或者用一张吸墨纸盖上。

弗吉尼亚·伍尔夫说，她钦佩简·奥斯丁，是因为"完全看不出来她的环境曾有一点危害她的著作。那也许就是最奇怪的事了"。她认为，家庭公共起居室约束了简·奥斯丁的写作，也成就了她，让她在这种躲藏中受到了最初的对于人情的观察训练，人的情感深深地印在了她心里，人与人的关系总在她眼前。所以，一个中产阶级家庭的女性如果要提笔写作，自然是去写小说。因为小说就像一个蜘蛛网，它的四角总是附着在人生边上，虽然也许永远都是很轻地附着。

弗吉尼亚·伍尔夫眼中的简·奥斯丁，是一个女版的莎士比亚:"这是一个大约一八〇〇年时候的女人,不憎恨,不怨忿,不反抗,不讲道地写作。那就是莎士比亚的写法……两个人的脑子都是消除了一切障碍的……因为如此,简·奥斯丁穿透她所写的每一个字,莎士比亚也穿透他写的每一个字。"

弗吉尼亚·伍尔夫劝告前来听她演讲的工人阶级妇女们:赚足了钱去旅行,去闲游,去冥想世界的过去、未来,看着书梦想,在街头巷尾徘徊,"让思想的钓丝深深地沉入流水中去"。这是她设想的文明社会的理想生活——一种充满想象力的生活。

她还说,她绝不把她们限制在小说里,她们可以写历史、传记、批评、哲学,以及科学,这样一来,她们写小说的技能一定进步,因为"书有一种互相影响的力量"。

总之一句话,要学会与现实共存,去寻求它、收集它,然后把它传达给其他人。"成为自己比什么都要紧,不要梦想去影响别人……只要就事物的本身想。"

弗吉尼亚·伍尔夫说的小说家的"现实"是什么?它肯定不是常人的那个现实。它似乎是非常无定,非常靠不住的一样东西,"一会儿在街上一小块报纸上,一会儿又在阳光下的一朵水仙上"。但它也是"一个人在星光下走回家的时候感到它的压力"的那种东西。"它使静穆的世界比说话的世界更真实些。"她认为一个作家比别人更有机会与现实共同生存，她的责任就是去寻求它，收集它，然后传达给其他人。

演讲中，弗吉尼亚·伍尔夫告诉工人阶级妇女听众们——也许是她想象出来的——莎士比亚曾经有一个妹妹，长得非常像她哥哥，灰色的眼睛，弯弯的眉毛，这个妹妹和莎士比亚一样天资聪颖，富有想象力，渴望去看看外边的世界。她躲在堆放苹果的阁楼里偷偷写诗和小说，但在那个年代这些都是不被允许的。如果有陌生人贸然闯入，她就会把小说藏起来，假装自己在读信。在莎士比亚时代，女人有莎士比亚那样的才能是不可想象的，在那种被拉扯撕裂的状态下，她一定会发疯，"半像女巫，半像妖魔，被人怕，被人笑"。于是，这个女孩在一个冬夜自杀了。"她埋在现在停公共汽车的地方，在大象与堡垒酒店对面。"

现在我相信这个从来没有写过一个字而埋在十字路口的诗人还活着。她活在你们里面，活在我里面，还活在今晚不在这里的很多别的女人里面，她们因为要洗碟子，还要给小孩子脱衣上床所以不能来。但是她是活着的，因为大诗人是不会死的，是永在的，所需要的只是一个机会借我们之间一个肉体出现。

她相信再过一百年，这个理想是可以达到的：每年每人有500英镑的收入，各人有自己的屋子，有自己想要的一份生活。她说到这里的时候，那个小小的讲坛上，那个死了的诗人、莎士比亚的妹妹，她又回来了。她活在了弗吉尼亚·伍尔夫身上，活在她已经放下了很久的肉体里。她从在场的那些女人的生命里吸取生命又转生了。或许她从没有死去，所有女性写作者都是莎士比亚的妹妹。

这场演讲是弗吉尼亚·伍尔夫对维多利亚时代典型女性形象的一次抗争。演讲过去约半年后，伍尔夫修改讲稿准备付印，她写道："我认为这部作品有一种不安分的生命力：你会感到有个小东西正拱起背脊不断向前奔跑。"

《一间自己的屋子》出版后的热销程度超出了伍尔夫的想象。她发现，因为这本小书，这一年的稿酬收入几乎可以买得起伦敦郊外的一幢房子。"在整理这六个月的账目时，我们发现我去年赚了大约3020英镑——堪比一名公务员的薪资。这着实让我大吃一惊，因为多年来我一直满足于每年200英镑的收入。"

但更重要的是，通过写作，她享受到了自由的快乐，并有信心在与现实的斗争中站稳脚跟。"每当身处自己的小世界，忍受着孤独与寂寞的压迫，我就能听到真正的世界在歌唱。此时心里涌出一种想要动身去冒险的感觉，而且感到一种怪异的自由扑面而来。"

布鲁姆斯伯里的两姐妹

作为现代小说重要开创者的弗吉尼亚·伍尔夫，她对经济和物质世界的重视，或许可以追溯到她的朋友、经济学家梅纳德·凯恩斯对她的影响。想当初，弗吉尼亚和姐姐瓦妮莎因为不服从世俗的婚姻安排从父母家搬出来，住到布鲁姆斯伯里的戈登广场，一个梦想着成为作家，一个梦想着成为画家。凯恩斯二十出头，风华正茂，也刚从剑桥过来，住在附近。未来的经济学"大拿"成了两姐妹的"男闺蜜"，他们经常通信，一起欢聚，参加小圈子里的读书会，凯恩斯或许还对其中的某一位暗生情愫。但这又怎样呢？比起光耀万丈的布鲁姆斯伯里精神，这些世俗的事、爱情和旋转木马一样变来变去的性，都是可有可无的吧。

在这个超凡脱俗又亲密无间的小圈子的影响下，女作家的心智和天赋再没有受过束缚。所以，她成了最早说出这个常识的人："自由才能产生伟大的作品。"这就是她为什么不主张女人去写诗。因为诗全靠智力的自由，而智力的自由全靠物质环境。环境不自由，女人历来是穷的，不仅二百年来穷，而是有史以来就穷。"这就是我这么在乎钱和自己的一间屋子的理由"，所以她才会在演讲中这样说。

某种程度上可以说，梅纳德·凯恩斯对现代经济学产生的影响，可与弗吉尼亚·伍尔夫对20世纪现代小说的意义相媲美。

作为英国财政政策重要的制定者，也是欧洲经济学史上最关键的人物之一，凯恩斯年纪轻轻就名声大噪，不到三十岁，他就凭着一篇关于印度货币政策的文章确立了学术地位。日后的《就业、利息和货币通论》，更是试图为大萧条后陷入泥淖的资本主义世界指出一条摆脱困境的出路，成为取代传统的新古典经济学的"凯恩斯主义"。

考察这对密友三十多年的交往，虽然没有直接证据表明弗吉尼亚·伍尔夫对凯恩斯的经济思想产生过直接而明确的影响，但他们共同置身的布鲁姆斯伯里这个当时英国最活跃的文化和思想小圈子，对他们世界观的形成和人格的塑造，有着非凡的意义。就如凯恩斯在《我的早期信仰》中所说："我们所处的时代，一个人的信仰会影响另一个人的行为，这是年轻人的特性……彼时我们形成的情感习惯，痕迹依然可辨，至今犹在。正是那些情感上的习惯，影响了我们中的大多数人，使得这个俱乐部凝成一个整体。"

1907 年是弗吉尼亚·伍尔夫与凯恩斯友谊的起点。此前，少女时代的伍尔夫和家人一起生活在肯辛顿海德公园门 22 号，她们的房子朝向一个死胡同，安静而乏味，唯一能听到的声音是通向公园的马路上遥远的车轮声和马蹄声。她一生都很厌恶同父异母的两个哥哥，大约六岁时，她就遭受过他们的性侵。她一有机会就和姐姐瓦妮莎跑到肯辛顿公园，躺在草地上大声朗读萨克雷或乔治·艾略特的作品。她的父亲是个文人，很早就预言她将成为一个作家。大约 1904 年，伍尔夫和瓦妮莎从肯辛顿的父母家中逃离出来，搬到了布鲁姆斯伯里的戈登广场，这对她们而言意味着对代表传统家庭的海德公园门的一场反叛。布鲁姆斯伯里的朋友们给予这两个女孩的不只是思想，更在于为她们营造了精神自由的氛围。

那时凯恩斯住在戈登广场附近的菲茨罗伊广场，供职于印度事务部。两姐妹很快发现她们与凯恩斯有许多共同之处：他们都成长于相似的英国知识分子贵族家庭，都有着很深的剑桥渊源。凯恩斯还热爱英国文学，尤其是诗歌和戏剧。他经常与她们聚餐，还应邀参加她们那激动人心的夜间聚会，与圈子里的其他朋友一起阅读诗歌和名人回忆录。处身一群文人艺术家中间，凯恩斯的话不多，瓦妮莎调侃他"简直像中国的一位活佛"，"静静地坐着……试图营造出一种一切皆有可能的氛围"。

瓦妮莎嫁给克里夫·贝尔后，弗吉尼亚·伍尔夫搬离了戈登广场。1911年起，她和几位"密友"一起住到布伦瑞克广场38号，这些人中包括她的小弟弟阿德里安、画家邓肯·格兰特、未婚夫伦纳德，凯恩斯自然也没有落下。弗吉尼亚·伍尔夫与伦纳德婚后度蜜月之前最后一件事，就是把凯恩斯的房租账单寄给他。

婚后，伍尔夫夫妇住在里士满的霍加斯住宅，同时，他们把萨塞克斯郡的亚什汉姆别墅租下作为乡间寓所。通常，他们只在周末或假日才去那儿。凯恩斯便成了这里的常客。他甚至在1914年租下这幢房屋的几个房间，用来召开剑桥的秘密学会"信使会"的读书会。

一战期间，凯恩斯为英国财政部工作，布鲁姆斯伯里的朋友们都试图说服他辞职，以免他过度沉湎世俗事务而"输给人性"。1919年的巴黎和会上，作为英国财政部代表的凯恩斯提醒与会衮衮诸公，对德国这块蛋糕不要切得太狠了，终因曲高和寡不被采纳，他辞去财政部的职务，作为瓦妮莎的客人搬进了佛里附近的查尔斯顿农场，此处距伍尔夫夫妇定居的洛德梅尔不远。就是在这儿，听着农场里奶牛的叫声，凯恩斯写下了尖锐批评战后经济政策的《〈凡尔赛和约〉的经济后果》一书，预言"苦心孤诣的计谋到头来只是一场春梦而已"，并努力探求"作为一个整体的欧洲"之复兴。

伍尔夫在1919年6月10日的日记中写道："梅纳德·凯恩斯因和平条约被撕毁，愤而辞去一身公务，现已归隐剑桥做了学者。可我现在正想引吭高歌呢。"当时的她正沉浸在《夜与日》出版带来的喜悦中。

1925年，凯恩斯与俄国舞蹈演员莉迪亚·洛波科娃结婚后，他们租下了提尔顿，从这里可以看到他以前住的查尔斯顿。在这里直至1941年弗吉尼亚·伍尔夫去世，这两对夫妇时常在一起吃饭，互相进行非正式的拜访。两家都没有孩子，这一份社交尤见珍贵。

善良、单纯的心灵

从弗吉尼亚·伍尔夫的日记和那些年的通信来看，她是把凯恩斯当作兄长来看待的。她经常求助他，比如请他出面救助一战期间拒绝服兵役的人，为诗人T.S.艾略特找一份工作，等等。凯恩斯在她面前出奇的好脾气，全都毫不犹豫地照办了。但其实她对这个男人还是不甚了解，她尤其不明白的是，他都已经那么出众了，为什么总喜欢自吹自擂？是逢场作戏还是本性如此？

1921年5月26日的日记中，她不加掩饰地写道："昨天在戈登广场和梅纳德谈了一个半小时……梅纳德说他自己喜欢听好话，而且总想炫耀一番。他说，许多男子结婚就是为了能向妻子夸耀自己。我说，既然没有人会轻易相信，这种人竟还要夸夸其谈，也真是怪事。更怪的是，你竟然也和他们一样想要被逢迎……'我爱别人赞扬我，'他说，'我没有把握时，就想得到别人的肯定。'"

她的感受是："他就像是斜板上的一滴水银——有点不近人情，但又非常友善。"凯恩斯吸引她的，是不可亲近的外表之下善良、单纯的内心："我感觉他既非常好斗，又令人畏惧，就像一位年轻人要去看托尔斯泰的雕塑一样，可以一掌击碎他前面的任何争论，但是又像小说家们说的，在他那给人留下深刻印象的智慧盔甲之下，又掩藏着一颗善良，甚至是单纯的心灵。"

她为他还没读过自己的小说而心生怨怼："今晚去了查尔斯顿；在灯光下仔细地观察了一下梅纳德——像一个狼吞虎咽的海豹，双下巴，凸出的红嘴唇，一双小眼睛，性感，但又令人难以忍受地缺乏想象力：其中一个景象是偶然间看到的，在他扭头的一瞬间就消失殆尽。尽管如此，可我猜想这说明了一些我对他的感觉。还有就是他没有读过我的任何一本书——不管这些了，反正我自己喜欢。"

尽管如此，弗吉尼亚·伍尔夫还是把这个自大、友善、天真又不失有趣的家伙看作布鲁姆斯伯里"魔法精神"的主要来源。他有经济学专长，声名不菲，在政府那里也排得上号，虽然经常沾沾自喜，却也不过分。不只是她，小圈子里没有一个人不喜欢他。"梅纳德长胖了，而且变得阔绰了；但我是因为他的天真而喜欢他。"

这种关系，怎么说呢，看上去有时像一对兄妹，有时候又像闺蜜。说起来她还大他一岁呢，很多时候却像个任性的小妹。1924年，凯恩斯与芭蕾舞演员莉迪亚·洛波科娃恋爱时，弗吉尼亚·伍尔夫曾刁蛮地想阻挠他们，她写信给另一个朋友雅克·普莱维尔，大吐酸水："梅纳德非常严肃，而且自命不凡；在爱情上，梅纳德既热情又软弱，因为他清楚地明白，如果他娶了她，他就会被踢出局，同时她也会深情地拥吻他，莉迪亚在场，你便无法连续进行争论，现在我们开始婉言拒绝，而且相比任何的激情，我们更喜欢理智，莉迪亚的玩笑也让我们烦躁不安；布鲁姆斯伯里的成员们都偷偷跑去秘密聚集之地，留下茉迪亚坐在梅纳德的大腿上，一幅多么令人反感而又揪心的景象啊。"

等到他们的恋情修成正果，她也了解莉迪亚之后，她的态度变得缓和了，1925年9月6日的日记里她写道："我喜欢娇小的莉迪亚：她是怎样思考的啊？就像一个展翅高飞的百灵鸟一样；一种光荣的天性鼓舞着她：我猜一定是非常友好的本性，指引她落在了梅纳德的身旁。"此后，伍尔夫夫妇和凯恩斯夫妇经常一起欢度节日，一起去斯塔德兰湾海滩、宾登修道院和其他一些地方旅行。她说起他们的口吻，满是骄傲的语气："梅纳德，除了是目前健在的最伟大的经济学家之外，还有一位舞蹈家伴侣……我们都已经掌握了生活的艺术，而且非常痴迷于它。"

弗吉尼亚·伍尔夫说的"生活的艺术"是什么呢？日记里她没有说太多。

收藏艺术品的经济学家

《〈凡尔赛和约〉的经济后果》的出版使凯恩斯成了一个社会名流。当然，他先前也够有名的了。但还是不一样，以前只是经济学领域小范围的红。成为名流的代价，是时间被人家瓜分了，与布鲁姆斯伯里朋友们在一起的机会就少了。但出没于公众舞台聚光灯下的凯恩斯其实是有点"社恐"的，一有机会还是逃回到他的小圈子里。

好在他不摆谱，朋友们还是可以继续喜欢他。伍尔夫不无刻薄地说道："猪、戏剧和绘画——他全部都会谈论。但从来不会讨论首相和贵族。唉——梅纳德并不是个势利小人。"

只要能跟朋友们在一起，凯恩斯宁可不做高不可攀的经济学家，甚至做个小丑都乐意。有一次，在提尔顿他的家中举行的布鲁姆斯伯里朋友们的一次聚会上，众人起哄，凯恩斯与妻子莉迪亚共跳了一支康康舞。莉迪亚什么人呀，那可是俄罗斯著名的佳吉列夫芭蕾舞团的舞蹈演员！画家瓦妮莎把夫妻共舞的场面画了下来，画名就叫《凯恩斯夫妇》。画中，穿着跳舞裙的莉迪亚双手托举，舞姿如花盛开，凯恩斯真的被画成了一个身子藏在门背后的小丑。

性格直爽的瓦妮莎可以说是布鲁姆斯伯里小团体的编年史画家，另一幅作于1943年题为《回忆录俱乐部》的油画，画的是凯恩斯和他的十二位亲密朋友闲聊的场景。那时伍尔夫已经作古，瓦妮莎把她妹妹画成了墙上的一幅画。复活了的伍尔夫从墙上俯视着这一群亲密无间的朋友们，就好像她从未离开。

丰厚的版税也改变了凯恩斯的消费习惯，他花钱开始变得大手大脚。在布鲁姆斯伯里这个穷文人圈子里，他这么做很是让人侧目，也只有弗吉尼亚·伍尔夫会对他进行善意的戏谑。好面子的凯恩斯买了一辆二手的劳斯莱斯，她嗤之以鼻。凯恩斯买了几张优质的波斯地毯布置在家里，也被她呛了几回。有一次她还嘲笑凯恩斯在餐桌上用一个装着"廉价的樱桃白兰地"的醒酒器。

唯一被她大大褒奖了一回的，是凯恩斯买了一幅塞尚的画，因为伍尔夫认为高雅的艺术品是"充满想象力的生活"的核心，她很高兴老友的生活中出现了这一元素。在她的暗示和鼓励下，凯恩斯结交了一批画商朋友，购入的当代画作越来越多：安格尔的自画像、德拉克洛瓦的人物画、柯罗和马奈的风景画。

不久，瓦妮莎·贝尔的几个孩子都成年了。1927年，孩子们办了一份家庭报纸《查尔斯顿公报》，自己写稿子，自己印刷。孩子们的姨妈答应他们，要写一篇某个大人物的虚构的传记投稿。当她向孩子们透露这个人是大名鼎鼎的梅纳德·凯恩斯时，孩子们全都乐坏了。

这篇既像小说又像英雄传奇的文章在孩子们的催促下交稿了，并在家庭报纸上登了出来。文章有个很长的题目叫《提尔顿人：梅纳德夫妇的生活和冒险经历》。孩子们的姨妈没有食言，这篇传记用十八个小篇章，构筑了凯恩斯一生中的重要时刻，内容虽然怪异，却文笔简洁又充满深情。比如写到凯恩斯在一战期间的服务，这样评价："凯恩斯先生/由于他的聪明才智/在战争期间/变得比之前更加富有。"

最后，英雄告老还乡，凯恩斯的事业也达到了顶峰："娶了洛波科娃夫人，稳固了西班牙货币比塞塔，获得了永恒的荣誉和难以计数的阿比西尼亚奖金之后，梅纳德最后到达了帝国的顶峰——直布罗陀之巅——，这里英国国旗迎风飘摆，身披雷神托尔的荣誉饰带（或者是大熊荣誉饰带）(,) 他在世界大会之中面对众人发表演讲，达到了事业的巅峰状态，把自己所从事的工作推向了顶点，在我们所在的这个星球上，无出其右。"

这部戏仿的英雄史诗，是弗吉尼亚·伍尔夫专为瓦妮莎的孩子们所写的《杰出的查尔斯顿人》系列作品的一部分。很长时间它消失了，20世纪末，原稿终得见天日，被大英图书馆买走。

在这个写给孩子们看的故事里，弗吉尼亚·伍尔夫让莉迪亚也出场了，可见她对他们夫妇的热烈感情。这份感情直至她去世都未褪色。1928年4月21日，伍尔夫和丈夫伦纳德与凯恩斯、莉迪亚夫妇共进晚餐，她写道：

今天与莉迪亚和梅纳德共进晚餐：两对夫妻，人过中年，著名的丁克家庭。他和她都彬彬有礼，令人钦佩。梅纳德的两鬓已经开始发灰。他现在看起来好一些了：在我们面前不再傲慢自大：很简单，他在一门心思地应付俄国人，布尔什维克主义者，腺体发炎和家谱这类的事情；因此，当他的思维活跃，在其他方面也表现出精力旺盛的情况时，这就证明他一直拥有非凡的头脑……莉迪亚很沉着，而且自我克制。她说的事情都显得非常明智。

然而，新一场战争即将爆发，盛筵难续，欧洲将再次走向分裂。日后，这些平淡的日子都将成为美好的回忆。1938年，欧洲的上空已经交织着战争的阴云，这一年的10月2日，伍尔夫在日记中写道："梅纳德和莉迪亚情投意合——亲爱的老梅纳德，那么乐观、那么强健，而且有些可爱，上帝是多么英明啊。我亲吻他。愿一切都已被忘记，一切都已被原谅。愿终生保持现在的和平。"

可能的福祉

巴黎如同一场噩梦，每个人都被梦魇缠住了。这里弥漫着一种虚浮的场面之下大难将至的氛围。

这是1919年11月凯恩斯完成的《〈凡尔赛和约〉的经济后果》描述的一个类似"零年"的开场。为了表达他对人类意志力面临失控的担忧，绪论部分他还破天荒地引用了托马斯·哈代《列王》中的几句诗："看吧，那愚昧的芸芸众生，他们丧失了一切远见和自制，被本性的轻率鲁莽驱入了魔窟之门。"

《〈凡尔赛和约〉的经济后果》甫一出版，伍尔夫就阅读了，撇开友情不论，她更可能是被其雅驯的行文所吸引。尽管没有受过系统的经济学训练，但作为一个修辞学的行家里手，她还是为老友的文思泉涌而折服，觉得他不去做作家可惜了。她把此书描述为："一本不带有丝毫艺术作品气息，却影响了全世界的书籍：一本伦理学著作。"

但对于《凡尔赛和约》本身，对于经济学和政治，对于凯恩斯所愤称的巴黎和会制造的"迦太基式的和平"，她大概是懵懂的。一个有趣的细节是，这一时期她偶尔与经济学家共进晚宴后，她会抱怨说自己并不知道"如何投资自己的情绪资本"，这么看来，她与经济学家的交往中，一定程度上是受到后者思考问题的方式和话语的影响的。

那几年，正处于弗吉尼亚·伍尔夫一生中创作的高峰时刻，《夜与日》《雅各布的房间》《普通读者》，一个作品接着一个，她沉浸于内心的活动和情感，这个内在的精神世界如同薄雾中的烈火一般灿烂、闪耀。她希望脑海中翻腾的这些事物，成为一个"永久盛会"，倚之为终生的幸福所在。同时，为了从"感伤的湖泊"游离上岸，她只有服苦役一般不断地工作，才能克服深渊的诱引。尽管在写作时，她反复告诫自己，"必须是私人的、隐秘的"，"我要尽可能地隐姓埋名，潜藏自己"，但外界的变动以及对女性命运的影响，还是让她走出"心灵的奇异状态"，有话要说。

对弗吉尼亚·伍尔夫来说，一直纠结于心的，可能是这样一个女性主义的命题：为什么女性总是被看作不如男性？为什么她们总是无法对这个世界产生更多影响？这难道仅仅是生理方面的原因吗？

她认为，问题的症结不在身体，不在习俗，而在于财富和收入的分配上。女性没有收入，就无法接受教育；没有属于自己的房间，也就没有了隐私。日后她在纽南姆女子学院所做的两场演讲，也正是基于这一经济决定论的发挥：女人成不了莎士比亚，不是因为她们笨，而是因为她们没有对财产的支配权和拥有属于自己的时间的权力。

把布鲁姆斯伯里的成员们凝聚在一起的是一种共识，这种共识的核心理念是相信物质不是生活的全部，人类的进步不仅仅只是体现在经济增长。生活在最低层面上或许体现为一种生理性、物质性的活动，这种活动充满了竞争和攫取，但最高层面的生活肯定是一种更加体面的生活，一种涵盖了文学、艺术和科学的充满想象力的生活，亦即精神生活。

凯恩斯对此非常乐观。作为爱德华时代过来的一个乐观主义者，凯恩斯相信社会的进步会自动向人们提供越来越多的机会，让更多人过上美好的生活。他向朋友们保证说，借助于资本积累和科技发展，支撑一个充满想象力的生活很快会到来。他甚至断言，"假设未来100年内，没有重大的战争和巨大的人口增长，经济问题或许可以得到解决，至少是有望被解决，这意味着经济问题不是——如果我们展望未来——人类的永恒问题……这会是一种福祉吗？如果你完全相信生活的真正价值，那么这个前景至少开启了福祉的可能"。

这一大胆的结论让弗吉尼亚·伍尔夫感到吃惊。她觉得她的经济学家朋友未免过于乐观。一次她问他："梅纳德，你对于不朽有什么感想？"凯恩斯的思路让她感觉有点跟不上趟，他这样回答她："我是个理想主义者，所以我猜整体上我还是会认为，有些事情或许会持续下去的。很清楚，才智是唯一能让人兴奋的事物——

物质并不存在。"

何为理想生活

其实，弗吉尼亚·伍尔夫自己一直没有放弃对这个主题的沉思。何为理想生活？充满想象力的生活到底是什么样的？它真的到来的时候，我们能一眼辨认出来吗？另外，在一个文明社会里如果要拥有这个充满想象力的生活，需要满足什么条件，克服什么障碍？

她不像她的经济学家朋友那样乐观，她起码还没有感觉到，那个可以让人拥有无限收入和财富的美好世界很快就会降临。作为一个从维多利亚时代走来的女性，她固执地认为，要提高女性地位，关键仍然是令人满意的收入和财富分配。当一个社会为财富总量的增加而欢呼时，对贫穷的忽略仍然是一个极其危险的错误。

她的姐夫，布鲁姆斯伯里俱乐部的另一个成员克里夫·贝尔想的要简单得多，他认为只要增加审美人群的数量，就能创造出一个"文明社会"，因为这些审美专家会像酵母一样，用他们的价值观把社会这个大面包发酵起来。艺术和审美的作用，伍尔夫当然认同，但一个社会如果不努力去减少贫穷、不建立合理的收入分配制度，她认为"文明社会"和理想生活仍只是空谈。

所谓充满想象力的生活，一个重要的方面就是审美情感的交流，这几乎是布鲁姆斯伯里圈子的一个共识。其实，伍尔夫本人就一直把艺术尤其是小说置于这种理想生活的核心，把自己视作一个生活的审美者："真正的艺术品拥有一种共同的特质，每次读来，你都会注意到它们的变化，就好像是生命的力量在它们的叶子里流动一样，而且有了天空和植物，它们就有能力随着季节的变换来改变自己的形状和颜色。"她还说："一本为了生存的书籍，必须拥有随着我们的变化而做出变化的能力，所以我们必须要问自己的是，夏洛蒂·勃朗特是否能与我们的内心息息相关。"

所以，蒙田这位"生活的艺术大师"才会成为她的心头好，因为这个生活在16世纪法国古堡里的作家是一个真诚的人。他"没有在市场中竖立雕像"，他希望的只是通过文字与灵魂交流。声名鹊起的小说家乔伊斯则成了伍尔夫审美情感交流的另一个对象，尽管她不喜欢他如同天书般难懂的《尤利西斯》，但乔伊斯身上散发的怪异才华令她着迷，她觉得他们才是小说道路上的同道人，因为他们关注的都是内心的"灵光闪现"。

这样的"灵光"诗人还包括那时刚引起注意的小说家马塞尔·普鲁斯特。1925年4月，那时伍尔夫在创作《达洛维夫人》，她在日记中谈到了普鲁斯特。"与普鲁斯特相比，我的成绩简直不值一提。最近我正读他的书，如痴如醉。普氏的特点在于将极度的敏感与极度的执着结合起来，他甚至能注意到蝴蝶翅膀颜色的微妙渐变。他像羊肠线那样坚韧，又像振翅的蝴蝶那样短命。我想，他既能感染我，又能影响我，让我嫌弃自己写出的每一个句子。"

基于审美的交流和情感分享是充满想象力的生活的关键，这正是弗吉尼亚·伍尔夫在20年代中叶就宣称发现的"生活的艺术"：

> 交流是真理；交流是幸福。分享是我们的职责；大胆地往前走，将那些最病态的隐秘思想公之于众；不要隐藏；不要伪装；如果我们无知那就大方承认；如果我们爱自己的朋友那就让他们知道。

而这与凯恩斯在《我的早期信仰》中所说的，又是何其相似，凯恩斯所宣称的生活的"理智态度"是这样的：

"富于激情的理智与交流，它的适宜的对象是被爱的个人，美和真，生活的首要目标就是爱，就是审美经历的创造和体验，就是对知识的追求。"

艺术和审美情感的交流既然是充满想象力的生活核心，那么大自然也理所应当是。1919年冬天，当凯恩斯辞去财政部代表的官身回到查尔斯顿农场写作《〈凡尔赛和约〉的经济后果》时，迎接他的还有大自然的抚慰。说来也真是奇怪，似乎是一夜风吹，一战后，布鲁姆斯伯里的成员几乎全都离开伦敦市中心，过起了乡村生活。难道他们是在逃避现实、逃避知识分子该担的一份责任？弗吉尼亚·伍尔夫认为不是，他们是去寻找理想生活了。在她看来，对自然的亲近乃是充满想象力的生活应有之义。

所以，她把华兹华斯和柯勒律治这两个歌颂自然和灵光的诗人的杰作作为床上读物，一同的还有"老好人"查尔斯·兰姆讲述他和姐姐相依为命故事的《伊利亚随笔》。这些杰出的文士中她最喜欢天才的柯勒律治，他就像一个精灵，张着翅膀，永远似梦非醒。他"男孩般的表情"激起了她莫名其妙的母爱。她认定，驱使这些诗人走到山野去散步的，肯定不只是对自然的好奇或偏爱。当诗人们如痴如醉地注视着落日时，她相信一定会有类似莫扎特的音乐在他们心里响起，而这，系连着的是一整个美的世界。

她还宣称，从隐居瓦尔登湖的梭罗那里，她学到了"静默和坚忍"，梭罗的一句"大自然里没有悲伤"深得她心。至于梭罗飞快地跃过篱笆跑到爱默生太太家里去吃刚烤出炉的面包这个故事，她有意省略掉了。

同样的热爱，她还献给了有着公牛般力量的美国诗人沃尔特·惠特曼，大自然不只让他的身体，也让他的灵魂带着电："他追逐愉快的能力似乎从未降低，包含的力量也变得越来越大。"而那个痴迷于猎杀野生动物的奥匈帝国的王储斐迪南大公，被萨拉热窝街头的混混们暗杀，成为一战的导火索，在她看来简直是大自然的报应，"愤怒的大自然向他给予了还击，让他的骨头都在发烧"。

写作就是"跨篱笆"

弗吉尼亚·伍尔夫去世后，丈夫伦纳德编辑出版了她的日记，伦纳德自以为高明地保留了日记中与写作相关的部分，把日常生活尤其是交游部分做了大量删节，伍尔夫与凯恩斯的大量交往细节就这么令人遗憾地被剔除了。但是，即便是仅有的日记片段也足以证明，凯恩斯的所有经济学著作伍尔夫几乎都通读了。

凯恩斯提出的国家宏观干预理论让伍尔夫有所警惕，担心会转变成"我所怀疑的一种法西斯主义"。凯恩斯呢，应该也是她的小说忠实的读者，喜欢她的《岁月》，更甚于那本难懂的《海浪》，但公开场合他也只是吝啬地说，伍尔夫关于历史学家爱德华·吉本的那篇评论是他读过的最好的文章之一，在"回忆录和传记"方面，她对他有过很好的引导。

关于写作，弗吉尼亚·伍尔夫有一个出色的比喻："跨篱笆"。日常写作对她来说就是"跨篱笆"，生怕跨不过去，经常自己逼自己，把心提到嗓子眼。"直到一切都写出来了，我也就解脱了，换言之，篱笆被推倒了。"只要一停止工作，就感到自己在下坠。

1920年10月25日的日记表明，她时常有一种深渊体验："生活为什么充满了悲剧性？就好比深渊边的一条羊肠小道。我往下看，一阵眩晕，不知怎样才能走到尽头。……深渊就在脚下，我不能总闭着眼。这是某种无能、无助的感觉。我坐在里士满的土地上，仿佛田野中的一盏灯笼，在黑暗中被点亮。我写作时，忧郁会减弱些，那为何不写得勤快些呢？"

她还说，自己没有孩子，离群索居，饮食开销大，年纪又在一天天地增加，所以只有紧紧抓住写作，"渴望在死之前能写出一些东西"，"生命的短暂和无常的致命感受使我紧紧地维系在自己的港湾，像一个落入大海的人，紧攀在礁石上"。

当然，也有写得淋漓酣畅时的快乐，"我就像一面陈旧的旗帜，被自己的小说吹得飘了起来"，那时正是写作《到灯塔去》最顺利的时候。里尔克在诗歌《预感》里说，"我像一面旗帜被空旷包围，我感到阵阵来风，我必须承受"，也不知是谁影响了谁。

"文化火花"下的经济学

常人印象中的小说家是一个生活在过去的人，拙于社交，全身心都在想象中过活，对所有事物都抱怀疑态度，就像伍尔夫自述的那样，"未来将以某种方式从过去绽放出来。一个事件——比如一朵花的落下——可能就包含了未来。我的看法是，实际上并不存在什么真实事件——甚至不存在时间"。

但让人感到惊讶的是，弗吉尼亚·伍尔夫居然像她的前辈，19世纪的现实主义作家巴尔扎克一样，也经常在小说里关注贫穷问题、收入与财富的分配问题，以及怎样通过个体生活的建构实现文明社会。一个新派，一个古典，小说家所拥有的其实都是同一个老灵魂。

和她的经济学家朋友不同的是，伍尔夫是通过讲故事传达出她的思考。她是作家，讲故事是她的本色行当。出版于1919年的小说《夜与日》，有两个男主角，一个叫威廉，一个叫拉尔夫，两人生活在爱德华七世时代的伦敦，梦想着从工厂生活里逃离出来，到"充满想象力的生活"中去，去写诗，或是写一部全新的英格兰史。他们认定，只要有了足够的收入，这些目标就会实现。然后，拉尔夫去股票市场闯荡了一番，赚了钱，最后回到对"充满想象力的生活"的探索上来。

小说里的拉尔夫，有个姐姐叫琼，琼对拉尔夫的描述，很大程度上代表了伍尔夫心目中的凯恩斯。

凯恩斯这个亲密男友的影子出现在伍尔夫笔下不是第一回。1931年完成的《海浪》，据她丈夫伦纳德说，小说里的男主纳维尔的原型，就是凯恩斯。

正如凯恩斯夫人莉迪亚用她那口带着俄国腔的英语所说，她的丈夫"不仅仅是个经济学家"，作为20世纪初无人能出其右的经济学家，凯恩斯对艺术和修辞的重视不亚于对他的老本行经济学的重视，他的写作风格"充满想象、光芒与悖论"。如同萧伯纳所说，凯恩斯是带着优雅而又富有学识的"文化火花"来写作经济学著作，他最好的经济学著作里都有一种诗意。与布鲁姆斯伯里圈子基于审美的交流，再加上他收藏的无数书籍与艺术品，同这个世界上所有美好的事物一样，都让他受用终生。

尽管凯恩斯的《精英的聚会》里没有写到伍尔夫，但从交往的记载中我们可以看到，他一直密切关注着她最新的散文和小说，就像关注着经济学的最新动态一样，而且——就像评论家所指出的——他们面对的是20世纪初的同一个无序世界，伍尔夫对人的潜意识和现代主义的探索，与凯恩斯对待市场的态度，其实如出一辙：弗吉尼亚·伍尔夫试图在她的小说中把混乱中的精神细节记录在案，凯恩斯则通过他的消费理论和未来投资理论，来重新安置杂乱无章的市场，他们都是在现代主义的同一个语境中。

正是布鲁姆斯伯里老友们的影响，让凯恩斯这个骄傲的家伙身上一直激荡着人文主义的火花。凯恩斯把经济专长和知识看作宽广的文化视野的一部分，他坚持认为，经济发展只有当它能促进人类道德改善时，才算是正当的事业，经济学不过是"文明的侍女"。

和他相处日久的这群人文主义者使他相信，一个实用的世界最终必将被道德和审美所取代，理想生活应该是那种充满想象力的生活。"为什么我们不可以开始从物质的丰裕中去收获精神的果实呢？"这是凯恩斯在他那个时代的诘问，也是他对着21世纪的发问。

阅读链接

［英］弗吉尼亚·伍尔夫著，王还译：《一间自己的屋子》，生活·读书·新知三联书店，1989年。

［英］弗吉尼亚·伍尔夫著，伦纳德·伍尔夫编著，宋炳辉、吴欣译：《写下来，痛苦就会过去》，中信出版社，2024年。

［美］克劳福德·古德温著，李井奎译：《约翰·梅纳德·凯恩斯与弗吉尼亚·伍尔夫：私人友谊与职业友谊》，载［美］罗伊·温特劳布、［加］艾佛林·佛哥特编《经济学家的人生：经济学史中的自传与他传》，东北财经大学出版社，2017年。

［英］约翰·梅纳德·凯恩斯著，李井奎译：《〈凡尔赛和约〉的经济后果》，中国人民大学出版社，2017年。

［英］约翰·梅纳德·凯恩斯著，刘玉波、董波译：《凯恩斯文集·精英的聚会》，江苏人民出版社，1997年。

［英］罗伯特·斯基德尔斯基著，相蓝欣、储英译：《凯恩斯传》，生活·读书·新知三联书店，2006年。

诗的悲伤与散文的理智

"所谓的缪斯的声音，其实是语言的指令"

"一个诗人的去世意味着什么？"1996年1月28日，布罗茨基在纽约于睡梦中去世，俄罗斯笔会中心的悼词说："20世纪俄罗斯文学痛苦的历史，同布罗茨基一起，同他的诗歌和散文一起结束了。随着他的去世，我们时代俄罗斯诗人们的殉难史结束了。"时代之殇或许已经结束，而语言的献祭没有尽头，这或许正是诗人存在的理由。

从圣彼得堡到斯德哥尔摩，事实上就是一条流亡之路。1972年，在没有得到合理解释的情况下，布罗茨基被告知说，当局"欢迎"他离开苏联，并且不由分说，便将他塞进一架飞机，从此布罗茨基开始了他不知何处是尽头的流亡生涯。其实，早在这次被逐之前，1964年，布罗茨基就被指控为"社会寄生虫"，被判五年强制劳动——具体的罪状是写诗和流浪——在苏联北部阿尔汉格尔地区一个仅有十四人的小村里服刑。是阿赫玛托娃等一批诗人和作家的四处奔走，才使他在服刑二十个月后提前获释，恢复了自由。

让时间回溯到更早，这个出生于列宁格勒的犹太人的儿子，在他十五岁那年就开始了他的流亡生活。那时他还是个八年级的学生。一天上午，他突然走出教室，永远地告别了学生生活。原因一是来自外部的刺激，那便是"自由"和"被太阳晒得暖洋洋的无尽头的大街所带来的隐秘的快感"，再就是童年时不得不受控于他人和环境对自己的厌恶。他说过，一个人意识的开端往往就是他第一次说谎，而他编的第一个谎言就是"我不知道我是不是一个犹太人"。那一年，他刚七岁。

他曾做过锅炉工、医院太平间的运尸工，他也曾随一支地质勘察队出没于边远的荒滩沙漠，从他的自述来看，写作——以及在这之前对大量书籍的阅读——曾陪伴他度过了那时无数个寒冷的长夜，也正是来自文学的慰藉帮助他确立了为之献身的信念。写作因此成了他生活下去的力量。

当时波兰的文化空气比较开放，翻译出版了许多在苏联看不到的西方文学作品，于是布罗茨基自学波兰语，由此接触到了卡夫卡、福克纳以及他十分敬佩的波兰诗人米沃什的作品。为罗伯特·弗罗斯特"敏感，婉约的风格，潜在的克制的恐惧"所征服，他又开始自学英语，借助词典攻读英美诗歌。除弗罗斯特外，他喜爱的诗人可以开出一个长长的名单：艾略特、叶芝、史蒂文森、奥登、迪兰·托马斯，还有17世纪英国的玄学派诗人约翰·邓恩。

他从经验中得出的一个结论是：诗歌的根本宗旨就是观察世界的方法。但他用这个方法观察到的世界的唯一能耐只是"增殖邪恶"。"前途是黑暗的外衣"——这就是他无以言说的悲观。给他生活下去的勇气的，是不可能实现的理想，这理想在诗中的对应物是大海上空一颗可望而不可即的星。而他，也只有通过写作才能触摸到这可能的生活。写作，因此成了他对自己的安慰和纪念，成了他在寒冷中温暖自己的一种方式。"我在寒冷中长大，把手指缠上/钢笔的四周，以温暖手掌"，这里有着少年式的顾影自怜，但更多的是心灵自足者对自己所从事工作的信心。

把1987年的诺贝尔文学奖授予布罗茨基是否存在着政治性的因素姑且不论，仅仅因为他在流亡中写作就称他为"文学界黑手党成员"无疑是不公正的。事实是，早在1972年布罗茨基被遣送出苏联前，他的诗就已经被"流放了"。他在国内的个别刊物上只发表了四首短诗和少量译诗，而美国纽约的一家出版社在他不知情的情况下出版了他的俄文诗集《短诗和长诗》《驻足荒漠》。也正是流亡的命运成全了作为诗人的布罗茨基，把他推到了诗歌的本质核心——语言。

> 无论是作家或是读者，他的首要任务是掌握那属于他自己的生活，而不是接受一个从外部强加于他或为他规划的生活，不管这生活的外形如何高尚。

布罗茨基这段话显然是有感而发，它表明他选择流亡只是他自主生活的一种抗争的态度。流亡并不妨碍他对以下两个问题的深入，即什么是生活的问题和什么是诗歌的问题。"告诉我，灵魂，什么是生活的原貌？"

细心的读者可能会发现，1972年后，语言在布罗茨基的诗中逐渐取得了压倒一切的地位。流亡"极大的加速度"，把他推入了孤独，推入了一个绝对的视角：在这个状态下，只有他自身和他的语言，其他人和物都隔在这两者之间。这思考使他隐隐触及了诗歌的本质，就如同他在分析奥登的《一九三九年九月一日》时说的：诗的语言比内容、思想更重要，或者是："所谓的缪斯的声音，其实是语言的指令。"语言表明的是一个诗人的文化传统和立场，它和诗人之间是一种亲密的、私人的关系，但流亡使布罗茨基发现，语言变成了命运，变成了他的"职业和责任"。而通过语言形式和时间的粘连来表现生活的丰富性，使布罗茨基的诗歌从众多的声音中独立了出来。

我保存着一张诗人的照片，照片下方的名字前表明了他的国籍：美国。这是布罗茨基经长时间的流亡后获得的居留权。照片上的布罗茨基看上去就像一个忧郁的房产经纪人或快餐店老板。然而他的内心又是那么的骄傲。这骄傲使得他在斯德哥尔摩的讲坛上说出"大众应该用文学的语言说话"。他还说他的写作是"指给人看生活的全部意义"。他说得那么直接，简直就是面对着我们在发言。这就是布罗茨基吸引我们的力量：他没有屈服，没有失去生活的信心。

世界睡了，诗人醒着

《挽约翰·邓恩》是一首奇异的诗歌，奇异之处不在于它是一首二百多行的长诗，也不在于诗中出现了有关"睡眠"的五十二个词语：沉睡、入睡、酣睡、安眠、打盹、睡了等等。诚如诗名告诉我们的，这是一首挽诗，是一个诗人写给另一个去世多年的诗人的。布罗茨基写下它时还只有二十四岁，还在苏联的大地上像一个孤魂般游荡，那即将到来的还是一个未知。一个二十四岁的青年诗人，对着一个17世纪的玄学派诗人喋喋不休地说话，这一行为本身意味着什么？

在诗歌第一行，布罗茨基开门见山地告诉我们："约翰·邓恩睡熟了……"这是一个由时间做出的结论，也是一首有耐心的诗不露声色的开始。布罗茨基随后向我们叙述的是数百年前一个诗人日常生活的场景：墙、床、地毯、绘画、壁橱、窗帘、蜡烛、酒杯、面包、餐刀和瓷具……而这一切，都已经沉睡了，不在我们经验的世界里面。一个阅读者必须有足够的好心境，才能够去领略布罗茨基描述的夜色"渗进"的房间、镜子后面的黑暗、窗外的雪和比桌布更白的倾斜的房顶。

当整个世界只剩下雪花的剥啄时，黎明远在天边，诗人身边的生活世界也已经沉睡。唯一闪亮的就是像一场大雪般飞舞的语言。约翰·邓恩的第二次出现，已经在全诗的第四十行，同时出现的还有沉睡的大海。这是一幅多么安详的图画：一切的生物都已熟睡，鸟儿、狐狸、狼，甚至穴中的熊，连高于人世之上的一切——天使、上帝、魔鬼——也已经入睡，"黑色的地狱之火安息了，还有荣耀的天堂"。

从王希苏先生的译文来看，这首诗有着十足的古典式的耐心。第七十二行过去了，已经到了整首诗的三分之一部分，这是一首抒情诗应该明确方向的时候了，然而布罗茨基还是从容不迫地向我们述说着约翰·邓恩的死，这真让我们替他捏一把汗。诗人之死带走了一切，诗人的名誉、一切的煎熬和痛苦都已沉睡，甚至良善也已"在邪恶的怀抱里安卧"，甚至时间也已因死亡的到来而中止，"忘川河水的幻影也酣睡了"。

从容而自然的语调，就像海浪，每一次的间隙都蕴含着更为巨大的能量。诗人的去世带去了一切：生活的世界、自然和他的创造。

无边的静穆中，布罗茨基的思绪返回到了自身，回到了写作这首诗时的环境。我们知道，那是一个苏联的雪夜，无边的雪，铺盖上了渐暗的道路，整个世界，再也听不到别的声音。

终于出现了诗人布罗茨基的声音，尽管在这之前，也是他一直在对着我们说话，但沉湎于他对"入睡"的事物的描述，我们已经忽略了这个说话人太久了。好了，现在布罗茨基终于按捺不住了，一个诗人对另一个诗人开始说话："且慢，听！难道你在这寒夜/听不见抽噎的声音，恐惧的低语？"——那声音很细，细得像一根针，一根没有穿上线的针。

然后是约翰·邓恩不安的声音，他在猜测、疑惑：是谁？是谁在黑暗中抽泣？是曾经爱过的姑娘？是上帝悲悯的叹息？——那哀哭的声音是多么的高尚。可是什么都不是。在诗歌的第一百二十八行，布罗茨基说，是你，是你约翰·邓恩自己的灵魂在说话。这抽泣、低语、恐惧，都是在你的心里。

如果把诗人看作一个族群，那么一个诗人也就是所有的诗人。在这里，我们看到了被时间阻隔开的两个诗人灵魂的交叠。借邓恩的灵魂之口，布罗茨基发出了自己的感慨，他的眼睛不能从人间的苦难中移开：既然他的生命背负着如此沉重的感情和思想，他如何可能"超越那黑暗的罪愆和热情，更高地翱翔"？他这样安慰邓恩：虽然你已经死去，可是你创造的诗歌和精神世界却永远也不会死去。于是我们看到，年轻的布罗茨基一边对着一个死去的三百多年前的诗人喋喋不休地说话，一边也在安慰自己。因为他是孤独的，或者说，他对自己的工作还没有足够的信心。他只能自己对自己说，这一切——流浪、写作——都是有意义的。

他是孤独的，那些启迪、养育了抒情诗歌的高贵女性在他的生活中几乎没有出现过。他曾经有过女友，但在他被捕后就断绝了来往。他有一个儿子，但不知为什么没结过婚。种种迹象表明，爱情（假如有的话）给予他的痛苦远比欢乐多。正因为如此，他才说"精神之爱才是教士的实质"。他为什么选择了一个纵情声色后把余生献祭上帝的三百多年前的诗人作为自己倾诉的对象，从这里可以找到答案。

这就是这首诗的奇异之处，它在不动声色中交叠了两个诗人的灵魂。它看似是在两个人物之间展开的对话，实际上是布罗茨基对自己作为诗人的存在的一次确证。这就

149

是布罗茨基向我们描绘的诗人之路：他就像一只鸟，宿眠在自己的窠巢，他对更纯洁的生活的渴求，全都托付给了被云翳遮没的"那颗不灭的星"。

这"星"，隐喻的可能的生活，使布罗茨基在长长的流亡生涯中不至于绝望，也使他隐忍地相信，生活中的每一次变动，都是在朝着更好的方向。

如果布罗茨基不写作，那么他只是成千上万流亡者中的一个，我们或许会留意一下他的身世、他流亡中的故事，但这一切随他的去世也就烟消云散。他对邓恩的安慰事实上也成了对他自己最好的纪念。1996 年 1 月 28 日之后，布罗茨基终于回到了他的故乡圣彼得堡的瓦西里岛，圣彼得堡不再有更伟大的游手好闲者。

他一直没有失望。虽然不得不在罪愆中逶迤，但他没有失去过对更纯洁的生活的渴求，这一切应该归功于光荣的写作。写作使他明白，人的责任就是过自己的生活。写作使他经验的传述成了可能，更重要的是，他通过写作减轻了痛苦。

美拯救世界

谈到诗与散文，布罗茨基曾经引用阿赫玛托娃的话说，诗从垃圾中生长出来，散文之根也并不更高贵一些。岂止不高贵，他是看不上散文的。布罗茨基眼里的诗人，是半人半神的高贵种族、文明的孩子、语言赖以存在的媒介。"对于散文而言，诗歌是一个伟大的训导者"，而散文呢，他说，事实证明它是一个相当懒惰的学生。

尽管布罗茨基在1987年获得诺贝尔文学奖之后，一直被视作俄语世界最重要的诗人，被冠以"第一俄语诗人"之美誉，他在西方世界传诵最广的却是《小于一》《水印》《悲伤与理智》等英语散文。这一方面是基于他流亡西方后的语言妥协，他不得不用散文这一更具日常性的文体在一个全新的文化环境中发出自己的声音；另一方面，诗与散文也并非泾渭分明，事实上，就像他自己说的，它们"始终在跳着双人舞"。

《悲伤与理智》是布罗茨基分析弗罗斯特诗歌时的一个篇名，用作书名，旨在表明"悲伤与理智"是弗罗斯特诗歌乃至一切诗歌的永恒主题（这让我们想到帕慕克对

"天真"和"经验"的小说家的区分)。

读布罗茨基的诗和散文,我们甚至会有这样的感受,诗是"悲伤"的,散文是"理智"的。理想的写作,应该是诗歌向散文学习叙述,散文向诗歌学习诗意。布罗茨基的散文之所以有众多拥趸,是因为他优秀诗人的身份,他是用诗歌的方式在写散文。从《表情独特的脸庞》《怎样阅读一本书》《一个不温和的建议》等演讲稿来看,他从来没有放弃抬举诗歌的机会,"任何一种文化中,诗歌都是最高的人类语言形式"。

——一个人读诗越多,他就越难以容忍各种各样的冗长,无论是在政治或哲学话语中,还是在历史、社会学科或小说艺术中。散文中的好风格,从来都是诗歌语汇之精确、速度和密度的人质。

——诗人清楚,语言不是他的工具,而他倒是语言延续其存在的手段。

——存在着三种认知方式,即分析的方式、直觉的方式和《圣经》中的先知们所采用的"天启"的方式。……它(诗歌)能同时利用这所有三种方式……借助一个词、一个韵脚,写诗的人就能出现在他之前谁也没有到过的地方。

　　一个阅读诗歌的人要比不读诗歌的人更难被战胜……

　　在谈及茨维塔耶娃突然写起散文的原因时，布罗茨基说，除了现实生计之外，诗人写散文还有这么几个动因：一是日常生活的必需，散文是日常性的文体，一个人可以终生不写一行诗，但不可能终生不写散文性的文字；二是主观的冲动，"诗人会在一个晴朗的日子里突然想用散文写点什么"；三是某些特定的对象和题材，决定了只能用散文来描述和叙述。

　　桑塔格所谓好的文论须得有艺术的感受力、批评家的力度、文论家的文体意识，布罗茨基基本做到了。诗歌给了他热情和形而上的支撑，散文给了他表达的自由。好的文论，在布罗茨基看来就如罗盘，他自制了一个罗盘、一片特定的海域和映照在海面上的或暗淡或明亮的星座。文论家的境况，布罗茨基以其才力与笔力分作三类：一类是雇佣文人式，一类是对某种特定的写作方式有偏好的牟利者，第三类，也是布罗茨基最为看重的，是天才型。

　　由此，布罗茨基申明了他作为一个诗人的伦理学观点：美学即伦理学之母。人首先是一种美学的生物，其次才是伦理的生物。好与坏的概念首先是一个美学概念，先于善与恶。"一个个体的美学经验愈丰富，他的趣味愈坚定，他的道德选择就愈准确，他也就愈自由，尽管他有可能愈是不幸。"美拯救世界，这可以视作布罗茨基面对世界的立场，一个诗人的立场。

站在诺贝尔文学奖的受奖讲坛上时，布罗茨基提到了浩如烟海的诗歌海洋里的五个诗人：曼德尔施塔姆、茨维塔耶娃、罗伯特·弗罗斯特、阿赫玛托娃和奥登。他说，这些身影使他不安，也给了他最好的支持，"在最好的时辰里，我觉得自己仿佛是他们的总和，但又总是小于他们中的任何一个"（文集《小于一》之名就由此而来）。

《悲伤与理智》中他教给大众阅读诗歌的奥妙，也是他诗学观点的集中展示：理想的诗歌写作应该是"理性与直觉之融合"，理想的诗是"诗之音乐"，而理想的诗人，则是"理性的非理性主义者"。

他要教大众，用诗歌的语言思维并说话。他说，一部美国诗歌选集应被放进每一家旅馆每一个房间的床头柜里，与《圣经》放在一起。他要诗歌无处不在，就像环绕我们的大自然，起码要像加油站一样无处不在。而这样做的成本并不高，他这般计算——设若一个普通诗歌读者的书架上摆有三十到五十本不同诗人的诗集，只需一层书架，一只壁炉，甚至只需一个窗台。

布罗茨基对诗歌的褒扬实则是对文明的热爱，这种文明是他打小时由各式各样的外来物品渲染给他的。如同《悲伤与理智》开篇，他写战后出生并成长的一代人被各种各样的外来物品包围：肉罐头、收音机、唱片、电影、明信片上的欧洲、轿车、军用暖壶和手电……"人就是人所爱的东西。他之所以爱那东西，因为他就是那东西的一部分。不仅仅是人。物也一样。"这些东西成了他成长中的自身的一部分。

所以他相信，诗歌是关于人的自治的顽强不屈、持续不断的布道，是一个抗拒连锁反应的原子所唱的歌，它的调性是韧性和坚毅，是毫不畏惧地直面最糟糕的事情。

阅读链接

［美］约瑟夫·布罗茨基著，刘文飞译：《悲伤与理智》，上海译文出版社，2015年。

〔美〕约瑟夫·布罗茨基著，黄灿然译：《小于一》，上海译文出版社，2020年。

〔美〕约瑟夫·布罗茨基著，王希苏、常晖译：《从彼得堡到斯德哥尔摩》，漓江出版社，1990年。

挽紧时间的缆绳

上帝在细节中

　　巨大的玻璃幕墙外的人造水景、小圆桌、桌上的蜡烛和米字格台布、闲适的人群、压低了声音的交谈，慵懒的空气让人有一种轻度的迷醉……想象中，这是最适合谈普鲁斯特的场景。那天我们谈到了他在庄园里的一个个不眠的夜，妈妈湿热的吻、教堂钟声、篱笆上的紫色小花和斯万家那边的小径。我们怎么会不谈他的病呢，哮喘——那个时代里同结核病一样苍白得优雅的病——春天的花粉居然是他的天敌！那么多年了，我从没和人谈起过他。普鲁斯特已经化作我的血肉、我的魂魄，有时我竟会有这样的感觉，我谈论普鲁斯特就像在谈论我自己。一个人过度地表达自己就会有心力衰竭之感，或许是因为我说了太多的话，这一夜我失眠了。我像贡布雷庄园那个被失眠的潮水湮灭的孩子一样，在黑暗中大睁着眼。那天晚上头顶的一颗星，也真的像月亮一样，大，而且亮。我告诉过你十年前我为了买七卷本的《追忆似水年华》吃了一个月的淡面包吗？我告诉过你每一次搬家我都带着它们吗？我告诉过你十年了我还没有读完哪怕是其中的一本吗？——尽管我是如此熟悉盖尔芒特夫人、斯万先生和阿尔贝蒂娜小姐，就像熟悉我的邻居——我是不是还告诉过你，我喜欢那套书封面上古典的花纹，松软的纸张——它们染上了我十年间的气息，有些已经发脆了——和书页中间短短的红缎带？上帝在细节中，小事情里藏着一个个的精灵。昨天，在我们结识的那条街上，一家小书店里，我找到了一本小书，我买下它是因为里面有普鲁斯特的照片，还有几张雷诺阿的画的印刷品，以前没有发现，把普鲁斯特同那个专画妇女、孩子、花卉的画家放在一起实在是很相宜的。普鲁斯特创造出了一整个世界，但他也只写了庄园、小径、社交和沙龙里的几个女子，那是多么优雅的生活，那些女子又是多么的美丽。说说那些图片吧——巴黎的街景、社交场里起舞的人们、花园里的聚餐、市场、咖啡厅、餐馆里的妇女、郊游、柏格森和左拉、女友们、度假——我最喜欢一张叫《回忆》的蜡笔画，那个时代的女人们穿着束腰的运动装，三三两两站在草地上。还有一张是他在1892年的留影，拿着网球拍，像个花花公子一样侧着身，笑着，边上是一个孩子和一个容貌端庄的年轻女子。我不知道那个女子的名字，葛雷富尔伯爵夫人？诺艾耶里夫人？玛丽·诺林格小姐？莫兰小姐？还是罗马尼亚的索佐公主？他的女友太多了，我都搞糊涂了。现在，她曾经那么动人的面容只在纸上鲜艳着。那是怎样的面容啊！

一个人的肖像

像胡蜂一样蜷缩着，小心翼翼地向着内心挖掘，像一位博物学家观察昆虫或者植物一样，怀着热情而又冷漠的好奇心观察人，精确地描写人的情感。喜爱生动的形象，认为事物的外部只是表象而已，必须通过表象去寻找内在的意义……一个人的肖像是否可以传达出他内心风暴的某些图景？

在大多数可以见到的肖像画里，普鲁斯特的脸型是有些女性化的椭圆形，饱满的唇上留着一抹八字小胡：年轻，甚至还可以说漂亮。值得注意的是他平视的眼光——一个白日梦患者的柔和的凝视。同时代人的肖像描写几乎都提到了这一点。

19世纪90年代初，一个十分典型的孔多塞中学生。上衣翻领的饰孔里插着一株白茶花（那个年代的风尚）。衬衫领子是裂口式的，胡乱地系着湖绿色的领带，穿着扭曲的长裤和飘动的礼服。一个有点过大的脑袋。一头浓密的黑发。漂亮的眼睛（对万物的了然而产生的悲伤沉淀在一种轻快的狡黠中），夸张的优雅，略带一点年轻人的自命不凡，再染上一点点"恶的意识"。

1889年，他是驻守奥尔良的第七十六步兵团的一个二等兵。在一张拙劣的照片上，这个衣冠不整的步兵穿着一件飘动的军大衣，一双带着询问意味的大眼睛隐没在花盆似的军帽帽檐下。步兵受训时，他在六十四人中名列倒数第二。第二年他就退役回到巴黎。

1910年，奥斯曼大街102号。房间里摆着一张他称之为"小艇"的小桌，上面散乱地堆放着书籍、纸张、翻开的笔记簿、蘸水钢笔的笔杆和烟熏疗法的一些用具。在这之前一个确切时间不详的日子，他确定了将要开始的小说的形式。他已经透过时间的迷雾看到了未来这部小说的轮廓，但要写多长，他还心中无数——也许会和《一千零一夜》一样长。但他知道，写作这本书会花去他许多个白天和黑夜——"可能是一百个，也可能是一千个"——需要无限的恒心和勇气。失眠症越来越严重，为了隔绝噪声，他让人将房间的墙壁全部贴上了软木贴面。房间里全是烟草的黄色烟雾和呛人的气味（哮喘和枯草热使他迫切需要抓住一个依靠者，过去是母亲，现在是文字）。透过世纪初的这层烟雾，穿着一件长睡衣，外罩一件有许多格子花纹的再生毛线衣的普鲁斯特出现了。他脸色苍白，有点浮肿，两眼在烟雾中闪闪发光。这是工作状态中沉思的艺术家。他偶尔从笔记簿中抬起头，目光好像黏附在家具、帷幔和屋内的小摆设上，他仿佛是用皮肤的所有毛孔吸收着包含在房屋、瞬间和自我里的现实，他脸上浮现出恍惚的神情，好似一个通灵者正在接近不可见的事物。

一幅1917年的肖像，记录者是他一个女友未来的丈夫。当时正是战争期间，他穿过冷清阴郁的巴黎大街，去里茨饭店和女友相会。记录者怀着醋意感觉到，在他周围波动的气氛中，有着某种奇特的东西——他不属于普通的人类，他仿佛每时每刻都从噩梦中走出，属于另一个时代，也许属于另一个世界。

高高的直领，上过浆的护胸，背心的领口敞开，领带与海员相仿。肩膀有点宽，脸庞丰满。过于挺起的胸脯。留得过长的头发，浓密、乌黑，在脑袋周围形成厚厚的一圈。记录者注意到了他的眼睛：女人般美妙，像是东方人的眼睛，其表情温柔、灼热，而又无动于衷，使人想起"母鹿和羚羊的目光"。上眼皮微微遮住，整个眼睛沉浸在一种很宽的茶褐色眼圈之中，使他的相貌带有一种既热情又病态的特点。

记录者还观察了他的动作，猜测这些动作的含义：他往前走的时候，有一种局促不安的缓慢，惊慌失措的麻木。还有他笑的方式：突然扑哧笑了一声，然后立即用手捂住嘴，就像顽皮的孩子在上课时玩耍又怕被老师发现一样。结论：这是一个矛盾重重的综合体，身体的笨重同话语和思想的轻盈混杂在一起，讲究客套与不修边幅混杂在一起，表面的力量与女性化的实质混杂在一起，再加上社交场上的某种迟疑、含糊和漫不经心的样子，他好像在刻意躲避着什么，以尽快返回到他思想中焦虑的秘密中去。

时间行进到了1922年11月18日。一张没有血色的脸，脸上的胡子长得很长。普鲁斯特的目光变得极为强烈，像是穿过屋子看到了什么不可见之物。他看到的是死神，一个丑陋的胖女人，他不顾一切地叫了起来："她很胖，很黑，全身穿着黑衣服，我害怕!"

在那间带家具出租的房间里，他凹陷、瘦削的脸在胡子的映衬下显得黑黝黝的，沐浴在暗绿色的阴影之中。人们把一大束蝴蝶花放在他不再起伏的胸口。他躺在病床上的样子，不像五十来岁的人，而像刚过三十，仿佛已被他驯服的时间不敢再在他身上留下痕迹。据说他死之前还在口述对作品的修改，重点放在小说中的人物贝戈特之死的描绘。在这里引述他这段文字的最后一句话是完全必要的：

> 人们埋葬了他，但是在丧礼的整个夜晚，在灯火通明的玻璃橱窗里，他的那些三本一叠的书犹如展开翅膀的天使在守夜，对于已经不在人世的他来说，那仿佛是他复活的象征……

茶杯中的花园

小玛德莱娜，一种充作茶点的小蛋糕，看上去像是用扇贝壳那样的点心模子做成的，四周还有规整的一丝不苟的皱褶，普鲁斯特形容它的样子，"又矮又胖"，"丰满肥腴"。一个冬日的下午，他掰了一小块这种小茶点放进茶杯里泡软，准备食用。这时奇迹发生了，他记录下了那个小小的瞬间：

> 带着点心渣的那一小勺茶碰到我的上腭，顿时使我浑身一振，我注意到我身上发生了非同小可的变化。

在谈到这件事情之前，普鲁斯特阐述了他对往事和回忆的一个信仰。因为尚无自身经验的求证，他小心翼翼地举了一个人类学的个案，生活在公元前2000年的凯尔特人对灵魂的信仰：人死后的灵魂，拘禁在一头牲口、一株植物或者一件无生命的物体当中，生者从旁经过，如果听见了这些拘禁的灵魂的叫唤，那些禁术就会破解，于是灵魂解脱，又回到尘世间继续生活。

"往事也一样，"他说，"我们想方设法追忆，总是枉费心机。"因为记忆的居所是如此捉摸不定：一是它藏在脑海之外，在智力的光亮照不到的角落；二是它隐匿在你意想不到的物体中，一个人穷尽一生能否遭遇到全凭偶然。

幸运的机缘降临了——这样的机缘有的人可能终其一生都没有遭遇过一次。它引发的首先是身体的快感：如御风而行，如蹑步太虚，内心深处似有什么在颤抖，在努力地破开水面浮上来，你可以感觉到它在慢慢升起，听到它一路浮升发出的汩汩的声响。

有人不禁要问：这种身体的快感从何而来？至少有一点是可以肯定的，它同刚喝下去的茶水和点心有关，但它又远远超越了味觉。为了搞清它从何来，他喝了一口又一口，直到舌蕾上像是滚过一阵清风。他告诉自己，再喝也是无益，那个发现真实的时辰已经过去，你所处的又是一条崭新的河流。于是他放下茶杯，转向内心，因为至此他好像醒悟，他所追求的"真实"，并不在茶水和"小玛德莱娜"中，而在自己的内心。心外无物——"只有我的心才能发现事实真相"。

在这里，文学越过了心理学的樊篱，到达了心智的明澈。这是真正意义上的发现，由这发现，放之可弥六合，卷之可退藏于密。而对这部七卷本的《追忆似水年华》的作者，一个长年累月幽闭在房间里的哮喘病人来说，只不过是他找到了如此活着的一个意义的支撑，他要去做的一项工作：活着为了回忆。

他好像潜入了一条黑暗的河流，身边不时卷过杂色斑驳、捉摸不定的漩涡。这河流的心脏，搏动着的、透露出隐约的光明的，是视觉的回忆，因太过遥远，它还显得模糊。这渺茫的回忆中形象的碎片，它能不能弥合，能不能浮升到清醒的意识的表面？它上升，又下沉，当它无影无踪时又焉知不会从混沌的黑暗中升起来？他八次、十次地努力，直到肚子里的液体因跑动发出虚空的咣当声。

这就是小玛德莱娜，当它作为关于时间和追忆的一个意象被轻轻说出，它已经从物的实用性的桎梏里飞升，普普通通的小茶点，被寄寓了一种形而上的意味。在这个静谧的冬日的下午，它小小的皱褶里囚禁着的过往的所有时光，被舌尖轻轻一触就全涌了出来。

失去的时间就是这样找回的，小玛德莱娜的滋味就像茫茫黑夜中腾空而起的焰火，照亮了一个人智力所不能及的地方。那个曾经的世界就像舞台布景一样重新浮现：一个叫贡布雷的外省小市镇，临街的灰楼、花园，花园里从早到晚每时每刻的情状，奔跑过的街巷，午饭前游玩的广场和散步的每一条小径。它们是自动呈现的，却更多地带着心智创造的痕迹。在创造的激情驱使下，一个人以一生的心力投入了这项从未有人做过的工作：寻找失去的时间。

　　我们是常人。常人论事，总到不了空无挂碍的境界，即便是面对游丝般飘忽不定的记忆，我们还是要回到物，物的形状、色彩、大小、滋味、气味等等，回到对物的感知。套用现成的一句话，我们这里面对的是一个特殊的器官，一个天生就是为了追忆失去的时间的器官。这个器官对物的滋味、气味的感受和领悟到达了令人吃惊的地步。关于物的视觉形象和味觉，普鲁斯特由经验得出过这一结论：

　　　　物的形状和色彩一旦消褪或者黯然，就失去了与意识会合的扩张的力量，而气味和滋味却会在形销之后长期存在，它们因脆弱更具生命，因虚幻更忠贞不矢。

于是，当人亡物丧，往日的一切荡然无存时，一旦辨认出小玛德莱娜，童年的时光便又重现。这小小的茶点在阅读者的眼前生长、膨大，变成了支撑起回忆圣殿的一根根圆柱。阅读者穿过这些圆柱，循着气味的几乎难以辨认的蛛丝马迹，重新获得了写作者的那种狂喜：大街小巷和花园从我的茶杯中脱颖而出。

就是这句话，结构起了一整个世界，或者说道出了建构一个世界的方法。随之出现的一切，斯万家那边的花园、维福纳河塘里的睡莲、教堂、女友们、善良的村民和他们的小屋、社交场里的灯影等等，一个人凭着书记员的忠实和勤勉就可以完成了。

时间的形式

这部小说不按空间或社会的时序构成，它来自大脑中一个杰出的构想：按照精神世界的规律或者说回忆的经纬来编织小说。在这个世界里，空间与时间消除了界限，融合为一。第一卷贡布雷里出现的教堂，被普鲁斯特赋予了时间的具体形式，描绘了时间的肌理和每一处皱褶。

1919 年，作者在一封信中流露了这样一个想法：他想把这部正在进行中的以时间为主题的小说的每一部分取名为"门廊""后殿的彩绘玻璃窗"等等。教堂这种建筑形式让他有一种直觉的感动——时间就是一座倾圮的大教堂。他最终没有这么做，但小说本身就具有法兰西大教堂式的简朴和雄伟。这座时间的教堂，殿堂的主线结构清晰有力，一个个场景、对话，次第更迭的人物，女友们的肖像，社交场中的闲聊，是它的柱头装饰和彩绘玻璃窗上的图案，是漫射的光线和管风琴的低唱。这不是失去的时间，也不是找回的时间，而是艺术创造的自身时间，它如此躲闪，如此难以捉摸，有时延展，有时缩短，有时循环，有时线性。于是在同一页上，我们看到它有时像八岁，有时又像十八岁，就像小说主人公的祖母所说，我们的生活是如此缺乏时间顺序。现代小说是世俗的手艺，"从浪漫主义到经验主义"，世俗意味着一种力量。这部 19 世纪孕育的小说似乎从一开始就走上了一条相反的道路，从小说的第一页——一曲以睡眠和苏醒为主题的前奏开始，它就告诉人们，现实并不是当下，而是一个精神性的指涉。所以，它和伟大的《红楼梦》一样，是一部导向镜花水月的虚无世界的小说。当然，这有一个前提——作者

169

自谦这是这部书唯一的优点——细微部分的扎实。

不断生长的小说

同时，这又是一个庞大、丰腴到有点畸形的小说文本。1911年，普鲁斯特预感到自己的作品即将完成，开始寻找出版商。但结果令人沮丧。两年后，作品的第一卷《在斯万家那边》自费出版。由于战争爆发，第二卷的出版又过去了五年。

作品一旦成形，就获得了独立的生命，在写作者的视野之外以另一种方式生长。但这部小说不同，由于出版的一再延搁，它在母体内以一种反常的方式继续发育。这个美妙而又畸形的躯体里的所有细胞拼命地增生，呈现出极端的丰腴，就像一株热带植物，它的全身都布满了生长点，迅猛生长的枝条上下勾连，使每一个试图辨清它的人都望而却步。

普鲁斯特，这个伟大的哮喘病人就像一个熟练的手工艺工人，在生命的最后几年里丰富即将出版的各卷的内容，修改已经排版的校样。每一次的修改都是增加一倍甚至两倍的篇幅，几乎所有可能的地方都被新的文本占据。

出版商吓坏了，他不知道这部书会膨胀到何等地步，他不得不早早签署了付印单，以挡住这股可能冲垮河岸的疯狂的洪流。

回忆的事件是无限的，如果不是过早的死亡终止了普鲁斯特修改和校阅最后几章的企图，这部书还会恣意地生长下去。他死后，在带家具出租的房间里，他的床上一个沾上了汤药污渍的信封上，人们发现了他写的几个难以辨清的字，这是他即兴想到的一个姓氏，他准备把这个姓氏和这个姓氏后面的秘密放进他小说的某个句子中去。同时代一位作家说，由此可见，直至临终，他创造的人物还在他的大脑中汲取养料，并耗尽了他的余生。

于是我们看到，小说中的人物在成长、衰老、死去——一切都在时光的流逝中瓦解、变质，而整个小说也同写作者一起生长、生活，小说已和他的生活交杂在一起。其间，世界发生了很大的变化，他自己也发生了很大的变化，这种变化投射到小说中的人物身上，是他们更快地走到人性中恶的一面；投射到小说的叙事上，是整个文本呈现出一种经历很长时间才建成的，混合着好多种风格的建筑物形式的那种美感：最初的叙事是感性的、柔美的，更多的来自直觉、本能和无意识，越往后，他越来越喜欢像蒙田一样用一些逻辑性很强的句式来陈述自己的思想。

美就是关系

一个问题是：一个人为什么会用一生去写这么一部书？或者说，他为什么只写这么一部书——一部只有一个主题，几个沙龙里的贵妇、一群社交界的人物在其中行动的书？

许多年前，他还是一个孩子，敏感、脆弱、神经质，他坐在花园里晚风吹拂的栗树下读《芝麻与百合》或者《弗洛斯河上的磨坊》。他待在那儿，一动不动地观察着眼前的一排玫瑰色的山楂花，他试图透过花的形象和气味看到这世界隐藏着的秘密。从那个时候起，他就感到了痛——世上的一切停留在我们身上，就像停在屋顶上的小鸟。时间的摧毁性力量让他悚然心惊。

于是他找到了一生的主题：在茫茫暗夜中，挽紧时间的缆绳，与时间玩一场藏匿与捕捉的游戏，寻找似乎已经失去但依然存在并准备重现的时间。

抓住瞬间，就像鸟儿抓住趾下的枝丫一样。因为只有这样才能让时间停下来。他觉得一个艺术家有责任这么做：用词语把瞬间固定下来。

普鲁斯特找到了自己的方法。这种方法用一句话来说就是，选取两个不同的物体，然后确定它们的关系，并使它们处于"美的风格所要求的范围之内"，于是真实呈现。在他看来，这是写作的秘密，一个修辞学的秘密——美就是关系。当我们发现一个事物的后面另有一个事物时，我们才看到这个事物的美。现时的感觉和过去的回忆以一种对应的关系成为他小说的题材，"在自己的句子里把这种关系中不同的两极永远联结在一起"。这里传达出他对文学的一个基本的判断：文学并不是虚构，它把广袤世界里的现有事物排列起来，选取不同事物，确定它们的关系，成为美学上的样式。这是艺术家的秘密之一，这也孕育了他写作上的两个主要的技术因素：隐喻和变形。

现实世界并不存在，是人在创造着现实。自1905年写作这部小说以来，普鲁斯特重现的现实世界，不是奥斯曼大街和里茨饭店的世界，而是他在回忆中找回的世界。

现在，我们可以说，这是一个始终活在自己想法里的人，他的小说是一把成功的形而上学的梯子。这样就可以解释以下的种种：写《女囚》时，有人告诉他，饥饿时思想最为活跃，为了让作品与以前几部相称，他接连几天不吃不喝。巴黎的防空警报声中，他和朋友们在饭店里谈论巴尔扎克小说中的人物和他自己笔下的阿尔贝蒂娜，并为自己的小说做着"一次空袭时巴黎的夜空"的记录；还有，他为什么愿意过昼伏夜出的鸟类的生活，为什么如此地害怕失眠……

阅读链接

〔法〕马塞尔·普鲁斯特著，李恒基、徐继曾、桂裕芳等译：《追忆似水年华》，译林出版社，2012年。

幽灵随处流转

从思想到行动

2000年前后，一本叫《爱国者之血——美国南北战争时期的文学》的书出现在了一个小镇青年的文学生活中。这是一本文学评论集，是一套美国文学史论译丛里的一本，写的是美国南北战争时期的文学。书是从宁波的一家旧书店整套淘来的，唯独这本浸过水，封面发皱，打开看时，纸页也是粘连的。可以想象它在一个处女座读者那里的不受待见。过了一段时间后，这本书就消失不见了。偶或想起埃德蒙·威尔逊这个作者名，也在恍惚中搞不清国籍和年代，总觉得像是一个18世纪的英国佬。《爱国者之血》这个书名，倒像镌进了大脑深处一般。2004年，我正在写现代作家巴人，写到最后，突然就跳出了这个书名。等到再次与埃德蒙·威尔逊相遇，已到了2016年，读他的《到芬兰车站：历史写作及行动研究》。一个夏天读罢，惊为天人。

"1824年一月里的某一天，一位教哲学和历史的年轻法国教授，名叫儒勒·米什莱，他在一本书的翻译注解里发现了乔万尼·维柯这个名字，有关维柯的资料引起了他极大的兴趣，遂立即着手学习意大利文。"这个不无紧张意味的句子，人物、事件、时间、线索，皆已具备，如果有人告诉我这是一个小说的开头，我丝毫不会怀疑。但我必须调整我与这个句子的阅读契约：这是一个文学批评家在书写思想史。由这个富有小说意味的开头，威尔逊进入了近两百年来人类文明史最电光石火的一个瞬间的描述，同时也是一段惊心动魄的观念史的叙述冒险。从米什莱追溯到维柯，再到法国大革命中的勒南、丹纳、法朗士，几代哲学家、社会学家和经济学家在19世纪的实验，圣西门的阶层设计，傅立叶和欧文的理想社区，一直到马克思和恩格斯携手合作，决意以"主义"改变世界，创造历史，最后是1917年布尔什维克在俄国夺取政权，革命导师列宁和他的乌里扬诺夫兄弟们，以行动实现了革命的梦想。

书初版于1940年。在这之前的十年间，美国民众和知识分子已经经历了大萧条以来整个社会分崩离析的恐慌和不安。埃德蒙·威尔逊反思道，1929年华尔街股市大跌前畸形的繁荣正是社会行将失衡的膨胀，美国固有的秩序与和谐正被金钱、政治和狂热所吞噬。大萧条爆发时，他的兴奋显得有些不合时宜。他说，他和同时代的作家和艺术家都生活在一个"大买卖"的时代，这个时代生意至上，排挤一切，现在，这个愚蠢的超级大骗子终于破产了，这将带来新的自由和力量，因为，当那些大银行家节节溃败的时候，"我们"仍坚守在这里。

他发挥记者出身的优长，遍访底特律、芝加哥和美国南方一些城市，写下了一本非虚构著作《美国的地震》，记录下银行业的破产、工人的失业和南部小佃农的绝望。在他的笔下，帝国大厦就像一座墓碑，悲悼着那些因失业而自杀的工人，而底特律流水线上每一次短暂的沉寂，都意味着又有一个工人的手指被切掉了。写下这本"不合时宜"的书，是因为作为批评家的他时常敦促作家们"要熟悉我们当代生活的现实"，要投身于"对当代现实的研究"中，而自己从来都只是在《名利场》《纽约客》《新共和上发表一些关于小说和通俗文化的不痛不痒的文章，所以必须走出书斋去。《美国的地震》被认为是"1932年我们所拥有的关于美国的最客观的评述"，埃德蒙·威尔逊笔下这个经济瘫痪的国家，处处是令人震撼的末日图景，从实业界、知识界到普通民众，似乎都在说，这个国家完了，这个体制完了。

一切都在预示着，到了该改变的时候。在埃德蒙·威尔逊看来，对社会的恶的救赎，正要他这一代来完成。在他看来，既然1917年革命后建立的是人类历史上第一个合乎人性的社会，那么，探讨这个历史阶段如何形成，一些基本的突破如何发生，以及现阶段历史如何被改写，都是有意义的，这本书也就没有过时。

书的副标题是"历史写作及行动研究"，按照这个理路，威尔逊应该如老学究一般，亦步亦趋，笔笔有着落才对，哪会写得如此生动、自如，笔惊鬼神？书分三部：第一部，从米什莱发现维柯，到米什莱与大革命，再上推至法朗士时代资产阶级革命传统的式微，是从文本上探讨如何写作历史。第二、三部，从圣西门、傅立叶、马克思、恩格斯到列宁和托洛茨基，主题则转换成了如何在行动中创造历史。威尔逊的身份是文学评论家，他更喜欢称自己为作家和新闻记者，或许有一种称谓对他的定位更合适，也更准确，那就是：文人（man of letters）。从行动中创造世界、建构历史，无疑是威尔逊这样的文人更倾心的，而这实际上也是对美国文化精神奠基人爱默生的传统的一种响应，在《美国学者》中，爱默生认为知识分子应该是一个完整的人：他首先是一个思想的人，但他的思想不能被传统和书本所束缚，他还必得是一个行动的人。知识分子最重要的是行动，坐而论道是懦夫的行为。从"历史写作及行动研究"这一副标题中，或许可以看出威尔逊的用心所在。

除去出身、师承不论，埃德蒙·威尔逊对"行动力"的推崇和强调，或许与他把文学与人类生存的图景合二为一的愿景分不开。用以赛亚·柏林的说法，确立威尔逊20世纪最后一位重要批评家地位的，乃是他擅长在一个大的框架中考察文学、知识和人类的历史，这个框架包括：人格、目标、社会根源，以及周围的道德、知识和政治环境。他是一个少有的博学之人。他的思想时常溢出文学的边界。威尔逊另有一本评论集叫《三维思想家》，意在说明，艺术家仅有艺术这个维度是不够的，他的精神世界应该是多维度的，包括对社会、历史、物质、精神、哲学、心理等多方面的观照与审视。

埃德蒙·威尔逊为什么写作《到芬兰车站》这部皇皇巨著？大萧条后的时代背景是其一，另一个重要的契机，是他与《资本论》的相遇。他把《资本论》当作一部文学著作阅读。通读了德文原版《资本论》后，他被震撼了，在写给朋友的信中，他抑制不住激动的心情，称马克思是一个诗人。他说整本书的结构，"凝重而昏暗"，好似德国特里尔城古罗马时期用砖头和花岗岩建造的大教堂，而在这巨大的框架外面游荡着的，从那墙面缝隙中向外溢着的，是欧洲北方的德国形而上学和神秘主义的灵光。

他还说，马克思早期文笔阴冷，鲜见人性，曾让他惴惴不安，但只要穿过这本书开头较为抽象的部分，就会感受到一种"史诗般的力量"，感受到它近乎完美的逻辑性与数学性。

他用火花般激情四溅的文笔写道：

这是一个让我们着迷的图景，一个让我们惊骇的图景，一个让我们极度震撼的图景——在器具还较为原始且仍颇具手工特点的封建社会，一个个新生事物崛起了：机器生产从无到有，资本像受了磁力作用一样往一起集中，这趋势蔓延着，摧毁着封建社会，并且以一种可怕的规模和复杂程度在不断加速，把这个社会分解再重组，再分解，再重组。

这是对资本主义的抨击，然而，批评家的文学修辞却让它几乎成为一篇对机器和贸易的颂歌。当然，埃德蒙·威尔逊的礼赞对象，是令美国恐惧的马克思主义的创始人。在他看来，马克思来自一个还没有患病的世界，他把19世纪的浪漫主义情绪传播到了更博大深远的地方，是19世纪浪漫主义作家中最了不起的一个，远胜雪莱、拜伦和缪塞，马克思主义和列宁主义乃是人文主义传统的一部分，是启蒙主义运动真正的第二次复兴。而他写作《到芬兰车站》，正是在一个繁华年代的末世，借助马克思主义在西方传播的契机，为社会开出一剂药方，为大萧条后的美国社会注入活力和生机。对威尔逊来说，共产主义并不只局限于他书中所写的苏联，它是启蒙主义思潮影响下人类精神的伟大事业，它能够激励人们依靠自己的力量重塑自我和社会，建立理想之国。他从不怀疑写下这本书时的诚实，他说自己从没有成为某些党派随意操纵的工具，写下这群人的梦想和故事，是因为自己还保持着思想的独立和对真理的关切。

文学的历史穿越，或历史的文学叙述

出于文学批评家的身份，埃德蒙·威尔逊从进入文学场开始，就通过《纽约客》《名利场》等媒介就艺术和意识形态对大众发言，但也有同时代的人说，威尔逊其实不是一个对政治感兴趣的人，比如说他很少参与选区投票，对新政也不做理睬。对此，他在晚年写《爱国者之血》时回应道："我是故意的非政治，我试图到达政治的背后。"在他看来，知识分子从政治和经济的角度考虑得太多，却很少愿意多从动物学和人类学的角度考虑问题，比如美国历史上那场吞噬了无数人生命的内战。

这个自由派文人所关心的，其实是"大政治"，或曰"公共政治"。他一直是个政治的在场者，政治学是他的视野，行动力是他的目标，他从现实的政治层面超拔出来，上升到了关于整个人类道德、意志、理性、自由和秩序的探讨中去，这一切归因于他的写作。他写《想念戴茜》这样的小说，写《爱国者之血》《阿克瑟尔的城堡》这样的文学史论，也写《美国的地震》这样的非虚构作品。《到芬兰车站》这样气势磅礴的文体,依照文学史的经验更是无从归类。他提供了一个文人通过一支笔把自己送到时代潮流中去的典范,这一切归因于他的初衷,也归因于他所归附的美国传统。一个学者的行动力最终还是得落实到他的笔端,尽管威尔逊非常信从列宁的一句话:"经历革命要比书写革命更有益。"知识分子的战壕始终在书房,而不是街头和广场。

给历史的存在以诗性的表现,这或许是对《到芬兰车站》最精到的概括,在一次谈话中,埃德蒙·威尔逊曾这样提及他写作的方法论:"写文学评论对我而言,永远意味着描述、戏剧性事件和不同价值观的比较和议论。"描述、戏剧性事件,这个评论家总是有着一颗不安的文学心。文学和历史,是威尔逊批评世界的两块基石,他所做的工作,是一块硬币的两面,即文学的历史叙述和历史的文学叙述。前者,可能来自他一生服膺的法国历史学家兼批评家泰纳,当然还有同样杰出的批评家阿诺德的影响。和这两个前辈文人一样,埃德蒙·威尔逊的文字也有一种魔力,他对作家及其历史时期的概述有时可以匹敌甚至超越原作,在《一个谦虚的自我颂词》中,威尔逊回忆,正是泰纳引人入胜的评论使他走上了文学批评之路,"我所有的观点都受到泰纳的解释和叙述方法的影响，他对创作者本人的塑造就像塑造一个更壮阔的文化和社会历史场景中的人物"。

书中段落，凡落墨于马克思、恩格斯、列宁等思想家和革命者，每多细节，俱见精神。第二部第十三章，卡尔·马克思出场，尚是一个十七岁的少年，在特利尔镇的一个校园里写一篇关于青年如何选择职业的毕业论文。年轻人踌躇满志地写道，选择职业，最重要的是确定不会沦为只是他人的奴仆，一个人必须选择能为全体人类工作的职业，否则不如去当一个诗人或者学者，所以必须警惕，不要沉迷于抽象的思考。而后，威尔逊写道，1848年前夕，马克思抛开旧的哲学问题准备展开他的革命事业了，在笔记中以一句话总结他对处境的看法："哲学家们只是用不同的方式解释世界，而问题在于改变世界。"

他把列宁来到圣彼得堡芬兰车站领导俄国革命，看作西方人文主义发展的必然，是人文主义最壮美的时刻：

> 1917年的列宁，带着用辩证法包装的维柯的上帝的残余，不用害怕罗马教皇或新教大会，也不确定控制社会是否像司机控制机车载他前往彼得格勒这么简

单，他估算他的机遇精确到百分之一，他正处在一个伟大时刻的前夜，人类第一次，手上握着历史哲学的钥匙，要打开历史的锁。

在《阿克瑟尔的城堡》中，他用这种近乎创造的文风描述象征主义诗人科比埃尔：

> 他出生在航海之家，身为船长的父亲自己也写一些有关航海的故事。可是他却为自己选择了一条放浪形骸的生活之路。……他或忧郁，或狂热，开口说话或哀叹不已，或不堪入耳，他穿上囚服自得其乐，或朝窗外放枪以示对村里唱诗班歌声的抗议。

而在《爱国者之血》这部同样有着史诗风格的评论集中，埃德蒙·威尔逊颇具策略地选取了政治家、士兵、记者、小说家、诗人、剧作家对那段历史的回顾，把他们写下的有关内战的大量史料，包括传记、报道、言谈、小说、剧作等重新进行组织，历史在他笔下获得了诗性的表现，而这些历史人物在他笔下也成了文学人物。

一个人文主义者的立场

这个左派文人的不过时，在于他没有成为某种主义的信徒，而是一直秉持着人文主义立场。他笔下的"芬兰车站"，就是一个"人性的总部"，而列宁乘坐德国火车来到这里，正意味着一代知识分子挣脱了自我中心的枷锁，"在战胜生命中的贪婪、恐惧和困惑方面取得了坚实的进步"，是知识分子行动的人生的楷模。

《到芬兰车站》视野开阔，气势磅礴，目光锐利，常人看来，威尔逊足不出户，竟把视野推到了苏联，聚焦于一群梦想家，堪称奇异。但在埃德蒙·威尔逊看来，这些人的伟大，正在于把梦想化作行动，他们的高尚之处，在于他们尽管出身于资产阶级家庭，却跳出了阶级局限。他笔下的革命者不是不食人间烟火的圣人，他们受资本主义价值观的熏陶，并养成自己的个性，但与他人不同之处在于他们没有被出身固化，他们超越了原本所属的阶级并对之发起了革命。

在一封写给小说家多斯·帕索斯的信中，埃德蒙·威尔逊提到，或许存在着两种类型的写作："宽范围写作"

和"窄范围写作"。他说的"宽范围写作",是指那些对跨度较长的历史阶段和宽阔地域的人类生活的总体描述,是对人类经验的总结和普遍规律的探索,在他的批评谱系中,但丁、莎士比亚、巴尔扎克都属于这类作家。"窄范围写作"是指服务于某种特殊情境和为了即时利益和效果的写作,社论、演讲和一般意义上的散文即属此类,那是一种没有准备好的写作,也是一种未能充分展开的写作。在他看来,海明威的那部被左派评论家追捧的《第五纵队》就属于"窄范围写作",是一个小说家应景式的说教,和成名后不负责任的放任自流。尽管威尔逊是最早发现海明威写作才华的批评家,在海明威还是一个没出名的穷小子时就热情地赞扬他,毫不吝啬地称他为美国写战争小说最好的作家,而对海明威和菲茨杰拉德的发现与推崇,也一度使威尔逊处于20世纪初美国文学生活的中心。

一个批评家最著名的作品,竟然是关于19、20世纪的一群梦想家和革命家的故事,这种"戏剧性",似乎也是从埃德蒙·威尔逊自己的方法论里派生出来的。常人说他博学,是个通才,其实他只是关注的东西更多,看到的东西也较常人多。文学和历史是他的批评世界的两块基石,他站在这两块基石上,眺望着的,是"创造美和发现真理这些人类更大的事业"。

因此，他写人类精神史上这群影响最深广的人的梦想和愿景，写他们为实现这些梦想所做的行动，写他们如何为建构一个"更好的世界"做出的种种努力，哪怕这努力是可笑、徒劳，甚至悲哀的，他写"梦想撩人的美丽"，也写梦醒后的残酷。在我的阅读经验中，从来没有一本书把马克思主义的起源和后来的实践写得如此血肉丰满，又惊心动魄。威尔逊对人物的"同情之了解"，他的批评锋芒，他交响乐般磅礴的叙事和迷人的文学气质，暗合了我对观念史写作的一个期许。对中国革命史和文化史的写作，威尔逊应该是一个参照。阅读《到芬兰车站》给我最大的感受是，历史退场了，而生活上位了，因为——就像以赛亚·伯林说的——"他把自己的血写进了自己的书"。

《到芬兰车站》是一部人类经验之书，也是先知之书，因为写下这本书的人对人类的状况进行了思考。诗人奥登说，他只为威尔逊而写作。这仅仅是出于对评论家才华的折服吗？不是，奥登服膺的是威尔逊的人文主义立场，他期望在自己的写作中延续这种立场：

"一个能够挽救自己，使自己不被淹没的人就是知识分子，因为他会就自身的状况进行思考。"

阅读链接

　　［美］埃德蒙·威尔逊著，胡曙中、王兢、夏平等译：《爱国者之血——美国南北战争时期的文学》，上海外语教育出版社，1993年。

　　［美］埃德蒙·威尔逊著，刘森尧译：《到芬兰车站：历史写作及行动研究》，广西师范大学出版社，2014年。

　　［美］埃德蒙·威尔逊著，黄念欣译：《阿克瑟尔的城堡：1870年至1930年的想象文学研究》，江苏教育出版社，2006年。

两个热爱小说和蝴蝶的男子

天才捕手

1940年5月，纳博科夫和夫人薇拉坐船赴美时，已是俄国流亡作家中公认的大作家了。但在美国，知道他名字的人大概不会超过一百个。埃德蒙·威尔逊向这个在美国其实还属于无名之辈的人伸出了援手，安排他给自己编辑的《新共和》副刊写书评，给他推荐教职，其后很长一段时间，他都是纳博科夫免费的出版经纪人和文学顾问，纳博科夫在美国的最初几年每一条重要的文学出路背后几乎都有着威尔逊的身影。没有威尔逊的帮助、劝告和人脉，很难想象一个用英语写作的俄裔作家会如何开始他的第二段文学生涯。

吸引着埃德蒙·威尔逊走向纳博科夫的，不仅是对后者文学成就的欣赏，还有私人情谊和文学趣味的一致。当然，后者很可能只是威尔逊的一厢情愿。

纳博科夫的父亲是十月革命前俄国反对派运动的主要参与者，如果不是十月革命后建立了苏维埃政权，他父亲很可能在民主政府内阁占有一席之地。这样的出身，或许是研究马克思主义来源并写下《到芬兰车站》的埃德蒙·威尔逊感兴趣的，但促使他们亲近的因素肯定不止这个。他们来自各自文化中有教养的上流家庭，都是法语文学的行家里手，对宗教和神秘主义都持怀疑态度，他们又都是文学多面手，同时在创作小说、文学批评、戏剧和诗歌，他们已经出版的著作都受到过起诉和查禁。但不管怎样，对他们来说，文学都是一生热情之所系。除此之外，或许还可以加上他们共同感兴趣的一个话题——鳞翅目昆虫学。

埃德蒙·威尔逊的文学生涯起步更早。在20世纪20年代，他已经是一个"天才捕手"，敏捷地捕捉到了文学鉴赏方面激动人心的新变化，并写入了确立他在那个时代最杰出批评家声誉的《阿克瑟尔的城堡》。有句话说，威尔逊的这本书之后，乔伊斯在美国才不被视作色情作家，普鲁斯特的作品也才不被视作神神道道不忍卒读。那个时候，俄国文学和俄国革命，还没有进入威尔逊年轻气盛的视野里。一直到大萧条降临，排队等着领面包时，他才会被怀疑论裹挟着，沉浸到当时整个知识界对苏俄的向往中。1935年春，他曾争取到一笔经济资助——古根海姆基金——去朝拜社会主义苏联。这趟旅行结束后，他开始了《到芬兰车站》的写作。此行的另一个副产品，是激起了他持续一生的对俄国文学，尤其是对普希金的兴趣。

贵族之子

根据一些传记作家的说法，1899年，纳博科夫在圣彼得堡一个富裕而显赫的贵族之家出生时，公民抗议运动正给这个国家的社会和政治生活带来真切的解放，埃德蒙·威尔逊描写过的果戈理式的偏僻乡村和屠格涅夫式的贵族老巢正在成为过去。纳博科夫开明的父亲一度成为议会时期克里米亚的司法部部长。随后，革命挫败了民主立宪党人，他们一家开始流亡，他的父亲在流亡中遭到暗杀。这一切加深了纳博科夫对狂热运动的反感。开始的时候，他只有在拥挤着旧式贵族、皇室成员、自由派知识分子的俄民世界里，才能找到自己的身份：贵族之子，剑桥大学三一学院动物学专业学士，小说《黑暗中的笑声》《天赋》《斩首之邀》的作者，侨民界一颗冉冉升起的文学之星。

纳博科夫的小说是一种融合了叙事、传记、评注、文学史笔调的新小说，它源出俄国上流文化，又吸收了流风所及的法国象征主义余绪，散发出一种纳氏独有的充满反讽和质诘的现代主义气息。对于做惯了文学抬轿手的埃德蒙·威尔逊来说，这可是新事物的光芒，他应该义无反顾地扑上去才是，当年对普鲁斯特和乔伊斯，他不就是这么做的？

但当他们相交之初，1940年12月，纳博科夫第一次把自己的俄文小说《斩首之邀》寄给威尔逊时，威尔逊难住了，表示自己最好还是回到托尔斯泰，等到俄语更强一些再来读，不然的话，"就像没有读过萨克雷之后的英国小说，就要面对弗吉尼亚·伍尔夫一样"。

对立的磁极

最初的几封信中，他们关系中两个对立的磁极便显露了。纳博科夫读了埃德蒙·威尔逊的《到芬兰车站》，果然对这些空想社会主义先辈和马克思主义的起源大感兴趣，他表示自己被书中写到的几个主要人物黑格尔、费尔巴哈、傅立叶、圣西门和马克思迷住了，写信说："我热爱您的马克思。他那些信伤到了失恋的恩格斯，您对这些信的研读颇具匠心……这部著作太有趣了，我欲罢不能……它闪闪发光的螺旋桨激起了思想的漩涡。如果我不说出来，对这本书来说是不公平的。"但他也说，不喜欢这本书的第三部分，尤其反感把列宁刻画成一个人道主义者和敏感的文艺批评家。

在埃德蒙·威尔逊建构的从思想到行动的革命话语里，书的第三部分，思想从书案走向行动，如同万里长浪尽头的凌空一跃，恰是他最为看重的，如果革命者的人格出了问题，整本书还怎么成立？

除了对革命者人格的分歧，他们还陷入了关于俄语诗律法的激烈争吵。从信中内容来看，可能是威尔逊在翻译《叶甫盖尼·奥涅金》时，把英语诗歌的律法用到普希金身上了。纳博科夫想不到威尔逊竟然不懂俄语的重音系统和抑扬格，他写了一封几乎是学术论文般的长信。"我要从果戈理那里偷一个小时，彻底讨论一下俄语诗律法这件事，因为你彻底错了。"另一个则噘嘴说，"亲爱的弗拉基米尔；你关于诗律法的信部分是基于错误的假设，我在信中想说的不是那回事"，回信同样写得像一篇学术论文。

除了"革命"和"诗律"这两处对立的磁极，20世纪40年代初的通信表明，这两个作家相互之间的亲近感正与日俱增。通信集（西蒙·卡林斯基编）编号23的一封信里，威尔逊刚读完纳博科夫的小说《塞巴斯蒂安·奈特的真实生活》，他用上了"令人着魔"这个词表达自己的喜爱。"你竟能写作如此美妙的英语散文，又不像其他任何英语作家，能精巧自如地自行其是，让人惊奇。""它整个是在一个很高的诗性层面，你已经成功地成为一流的英语诗人。"在他看来，纳博科夫和康拉德是这个领域仅有的外国人写作英文而成功的例子。"我尤其喜欢他寻找种种俄国女性的部分，喜欢书中对死亡的描写和最后梦一般的火车旅行（还有叙述者长长的梦）。这让我迫切想读你的俄语作品。"他表示等自己的俄语好一些就要去读。

纳博科夫的回信很得意，"塞巴斯蒂安的鬼魂让你鞠躬了"。他告诉威尔逊，小说是五年前在巴黎写的，当时把坐浴盆当作了写字台。

这个时期，两人在不同高校都有临时教职，他们时常在信中分享工作信息，彼此推荐学术职位，讨论怎样拿小说换钱。1945年3月，威尔逊写信告诉"亲爱的沃洛佳"，称"我们的谈话是我文学生涯中为数不多的慰藉"。两个月后，他旅行到了罗马，在西斯廷大街的城市旅馆，他写信告诉纳博科夫，在罗马找到了果戈理当年写作《死魂灵》的一处房子。"在意大利明净的阳光里，在这条让人欣悦的小街上，果戈理居然虚构了乞乞科夫，真是匪夷所思——《死魂灵》的整个世界似乎远在天边。你的蝴蝶怎么样了？你的小说怎么样了？"走到那么远，他也不忘问候朋友的蝴蝶和小说。

作为对他热情的回应，纳博科夫也会不时跟他分享巡回演讲途中收集到的对美国人的观察（这些观察日后都成了他小说的素材），分享他采集到的鳞翅目昆虫的花纹图案。他们甚至有过合写一本书的计划。他们兴兴头头地在信中讨论这件事，谈妥了出版社，还分别预支了稿费。但这件事后来不了了之了。

充满想象力的生活

至此为止，他们一直在谈论蝴蝶、诗歌、俄罗斯和欧洲的小说，如果考虑到一场关乎人类命运的战争此时正在欧洲和远东进行着，并让文明沦入"至暗时刻"，他们在这里所过的，真是一种知识分子"充满想象力的生活"。

这种生活的要旨，就是把人的交往建立在文学和艺术审美情感的交流上。第二次世界大战之初罗斯福总统的中立主义政策为他们的这种生活提供了物质上的保障。充满想象力的生活，其核心不外乎艺术和大自然。对这两个男人来说，就是小说和蝴蝶。

在纳博科夫看来，他和威尔逊的心灵和情感，有着"生态学"而不是"形态学"的相似性。作为一个自称的"系统论者"，他说他优先考虑的是人的"结构性特征"："两个蝴蝶种群可能是在截然不同的环境中繁殖的——比如，一个在墨西哥的沙漠，另一个在加拿大的沼泽地——但仍属于同一个种类。同样，一个作家是否写中国或埃及，或者格鲁吉亚、佐治亚，我根本不在乎，让我感兴趣的是他的书。"

这话不错，但他没有考虑到，同构的心灵还是会有细微的不同。落实到文学趣味上，我们看到，威尔逊的趣味广泛、包容而庞杂，他有着出奇的好脾气，对所有文学几乎都持一种开放态度，他总是那么迫切地要与朋友分享他在文学上发现的乐趣。而纳博科夫这样一个过着两截人生的作家，他既然可以决绝地抛弃自己先前的文学声名，对别的作家自然也没有那么好说话。他的目光要严苛得多，在他看来世界上只有两种书：一种是放在床头的，一种是要扔进字纸篓的。用小说《天赋》主人公的话来说："我要么狂热地爱一个作家，要么彻底抛弃他。"

诚如评论家指出，纳博科夫始终如一地讨厌的是：屈服于时代流行的诗学标准的作家，过分依赖现成惯例和格式的作家，努力追过感情而非艺术效应的作家。所以他蔑视整个新古典时代，尤其是18世纪文学，他不喜欢司汤达，也不喜欢康拉德，陀思妥耶夫斯基和福克纳在他这里也落不着好。

对埃德蒙·威尔逊这样大哥式的文学批评家来说，有一个小弟需要他像教员上课一样去说服，真是一场灾难，因为后者总是把他的心头好贬得一文不值。

1946年11月，围绕法国作家安德烈·马尔罗，他们有过一次剧烈的争吵。出于对革命主题的偏好，威尔逊读了马尔罗对中国革命想象式书写的小说《人的命遇》《征服者》后，认为"他很可能是当代最伟大的作家"。这招致了纳博科夫剧烈的反对，"我困惑不解，你竟然喜欢马尔罗的书"。他感叹文学趣味是如此主观，"以至于两个有辨别力的人，居然在这么简单的问题上也相互龃龉"，因为在他看来，这个作家"完全是一个三流作家（但是一个好人，一个很正派的家伙）"。他开列了十一个问题，一一指出他对马尔罗这部小说的质疑，最后说，他指出文学中唯一重要的事，就是一本书的"魔力"，优秀的作家首先应该是一个"魔法师"。而马尔罗的文本四处漏风，"不停地让东西让袖口中散落出来"。

威尔逊为之辩解，说《人的命遇》是他读过的作品中"最上乘地表达其所处阶段的危机和感情的小说"，马尔罗无疑是普鲁斯特以来法国产生的"唯一的第一流的想象天才"。他把马尔罗的文体命名为"政治—社会—道德的半马克思主义小说"，称马尔罗为这一流派的大师，是自发性心理小说之后该领域的重大发展。他抱怨："你我不仅在马尔罗问题上存在根本分歧，对陀思妥耶夫斯基、希腊戏剧、弗洛伊德，还有其他许多东西，我们也大相径庭。"因为不久前，纳博科夫刚刚写信告诉他，陀思妥耶夫斯基是一个"三流作家"，"他的名声不可思议"。

1948年，这两个自以为是的家伙又杠上了。这一次的争论焦点是福克纳。在这年10月的一封信中，威尔逊告诉他的朋友，他刚刚读完福克纳的小说《八月之光》，感觉

"精彩绝伦"，正好手里有一本多的，他想寄给朋友，叮嘱"请一定要读它"。一个月后，回信到了，一连用了两个"不可思议"。"你对福克纳的态度让我惊骇。……你居然被他的信息（不管是什么）迷住了，进而宽宥了他艺术的平庸，这不可思议。"

直到一年后，威尔逊还在为纳博科夫对福克纳的轻视愤愤不平："重读了福克纳的许多东西，你无法看出其天才，对我来说是一个谜——除非你总的说来就不喜欢悲剧。读过《喧哗与骚动》吗？"但这只能招致对方恶作剧式的对抗："打倒福克纳！"

可以想象威尔逊大为恼火的样子："我好奇地想知道，你读过《八月之光》吗？"他说："我从没能明白，一方面，你总设法根据蝴蝶的栖息地来研究它们，但另一方面又假装说，可以不顾任何社会、环境问题而写人。"他得出的结论是，他的朋友只是在青春时期接受了19世纪末"为艺术而艺术"的口号，而后一再机械地搬运，从没有彻底反思过。他表示马上会寄一本自己的书《三重思想家》，以帮助他的朋友更好地澄清这些问题。

但他遇上的是出了名的"杠精"。纳博科夫回信说："我仔细读了你好心寄来的福克纳的《八月之光》，它无法改变我对他的作品及类似其他（无数）作品的低下看法。"

"你寄过来的那本是陈腐、乏味的文类中最陈腐、最乏味的例子之一"，他声称，他无法忍受这本书"陈腐的浪漫主义的吹嘘"和"伪宗教节奏"。"我简直无法相信，你这样有知识和审美趣味的人，福克纳小说中'正面'人物之间的对话（尤其是那些十分可恶的斜体字）之类的东西竟然不让你局促不安"，"你劝我读他，或者无能的亨利·詹姆斯、艾略特牧师，是在开我的玩笑?"

至于威尔逊批评他"为艺术而艺术"，他辩称，这一说法没有任何意义，"除非对'艺术'进行界定。首先给我你对它的定义，我们再讨论"。

纳博科夫自然比威尔逊更熟悉俄罗斯文学传统，威尔逊不知道的是，他每一次费心费力推荐的西方作家，到了纳博科夫这里，总会被转换成相对应的俄国作家：亨利·詹姆斯，纳博科夫称之为"灰白的鼠海豚"，是一个稀释过的屠格涅夫，像马尔罗这样有着社会意识的小说家，在他眼里是20世纪20年代苏维埃作家的穷亲戚，模仿的是陀思妥耶夫斯基和安德烈耶夫的阴郁笔调。难怪这家伙总是那么顽固，从来不会对他的美国朋友的一次次推荐报以欣赏。

虽则如此毒舌，纳博科夫对老友的作品还是给予了足够的尊重，他一再声称十分推崇《到芬兰车站》的文学品质。但他也保留自己的看法，总觉得威尔逊对十月革命及其制造者的书写过于理想化，在引文中经常武断地插入社会性评论，这种对流行知识时尚的迎合忽视了文章的内在逻辑。他不断地劝告朋友，要放下社会学视角，不要让写作降格为社会学的布道和说教，也不要过于迎合日常的热点话题。这与威尔逊的要避免文字游戏、避免用双关语等告诫形成有趣的对照。

在威尔逊看来，纳博科夫这样一个没落贵族的后代对革命的态度，就像美国南北战争后南方农场主对北方憎恨的态度。纳博科夫斥之为大谬。"我真的想让你注意到这样一个事实，我对新政权的看法不但跟立宪民主党人一致，也跟社会革命党及形形色色的社会主义组织相同。"他提请他的朋友注意"知识分子"一词在美国和俄国的不同。在美国，知识分子只限于先锋派作家和艺术家，在旧俄，它还包括医生、律师、科学家等，一个典型的俄国知识分子的主要特征是：自我牺牲精神，政治热情，对下层民众的同情和狂热的正直……

怀念一个光芒四射的年代

1950年春天后，两人都由于病痛卧床，这使得他们的通信愈加密集。这一年，威尔逊的推荐终于奏效了，他成功地让纳博科夫喜欢上了原本不可能喜欢的三位作家：狄更斯、简·奥斯丁和让·热内。

尽管纳博科夫声称"从来看不出《傲慢与偏见》中有什么名堂"，"我不喜欢简，事实上我对所有女作家都有偏见，她们属于另外一个类别"，但还是同意了威尔逊说的，简·奥斯丁是"六个最伟大的英国作家之一（其他几个是莎士比亚、弥尔顿、斯威夫特、济慈和狄更斯）"，"她的伟大恰恰在于她对待作品的态度像男性一样，也就是说，是一个艺术家的态度"，与那些专事挖掘白日梦的典型女性小说家截然不同。而对狄更斯的阅读则引发了他对父亲的怀念，狄更斯一度是他父亲最热爱的作家，"我父亲把狄更斯写的每个字都读过"。当他还是十二三岁的孩子时，他父亲在乡下那些阴雨绵绵的夜晚，对着孩子们大声朗读《远大前程》。对让·热内的阅读产生共鸣是难得的不那么意外的一次，尽管威尔逊的"法国健在的最伟大的作家"

的褒奖有点过火，但这个有过小偷和流浪汉经历的法国作家无疑引起了纳博科夫的好奇："一定要把那本同性恋小偷的书寄给我！我热爱下流文学！"

没有一份友谊可以与生命等长。尽管对于诗律和革命的争论一直在间歇性发作（他们都已经习以为常了），如果不出意外，他们的友谊很可能无疾而终。最初的裂缝可能出现在威尔逊对纳博科夫新作《庶出的标志》的不认同，威尔逊对《洛丽塔》的反应又加大了这道裂缝。尽管纳博科夫早就给威尔逊打了心理预防针，声称要给他看一个酝酿五年才产下的"魔鬼"，说这个魔鬼"虽然主题和情境是感官声色的，但艺术是纯粹的"，但威尔逊的这一评价还是让他失望，"下流的主题可以成就优秀作品，但我觉得你没有做成"。他吐槽说："我沮丧地想，这个纯洁、严肃的作品会被某个轻率的批评家当作色情文学的噱头对待。这种危险对我来说越发真实，因为我认识到，连你都既不理解也不想理解这个复杂、不寻常的作品的文本组织。"

1958年，帕斯捷尔纳克的《日瓦戈医生》在西方出版，威尔逊发表了一篇狂热的文章，称之为"人类文学史和道德史的伟大事件"。但在纳博科夫看来，《日瓦戈医生》不过是一部稍为高级点的通俗小说，是他所推崇的诗人的一部遗憾之作，正如他在《洛丽塔》俄文版的后记中说，这个小说写的是"一个感情丰富的医生，像廉价的惊险小说一般，怀着神秘的冲动和庸俗的说话腔调，还有一个妖冶的女人，直接来自恰尔斯卡娅"。如此深刻的分歧，再加上1965年围绕《叶甫盖尼·奥涅金》的冲突使彼此受伤，他们向着对方的心灵的大门关上了。再深厚的友情，也经不住一次次伤害，决裂几乎是这段友谊的宿命。到了1971年，纳博科夫告诉"亲爱的邦尼"，对他当初"无可理喻地不理解"不再抱怨，重温这二十多年的通信，感到的只有对方的"温情善意"和"艺术及智力发现的持续兴奋"，已是他们友谊的回光返照。1974年，威尔逊去世后，纳博科夫写信给威尔逊的遗孀谈到合作出版书信集的计划，以这样伤感的话结尾："我不必告诉你，重温这些属于我们通信初期光芒四射时代的交流，是多么痛苦。"

他们都是可爱的人

要是纳博科夫不玩文字游戏，还是魔术师纳博科夫吗？要是埃德蒙·威尔逊不对革命主题倾注毕其一生的

"社会学"关注，还会是那个笔墨激荡的批评家吗？好在，除了翻译俄文、谈论小说的喜好之外，他们还可以一起比较哪家杂志稿费高，研究如何通过写作和去大学兼课搞钱，他们还有最大公约数：契诃夫和炫目得迷人的鳞翅目昆虫。哦，契诃夫。"过去的这个夏天，我读了契诃夫的许多作品，印象十分深刻——想不到他覆盖的范围那么广，他描述的生活领域那么宽。"哦，蝴蝶，复杂的形变。"什么样的文学乐趣堪比追踪一只排卵期的谢里丹卡灰蝶？"鳞翅目昆虫给予的迷人消遣，怕是只有无产者和贵族才有福消受。"我游荡在长着美洲蒲葵的荒野、松林的荒地和沼泽地，追踪着最绚烂迷人的蝴蝶；我打网球，划独木舟，跳舞；我赚的钱很少。"

他们的通信集，每隔几十页，就会出现手绘的蝴蝶图案。有次，威尔逊寄给纳博科夫一组朋友画的蝴蝶图，引发了纳博科夫对绘图者身世福尔摩斯式的揣测。这文字游戏，就像他在旅行途中收集众生相发给朋友看，说来还是小说家的秉性使然，他总是以一副好玩的神情打量着世界。"我在蓝灰蝶方面做了一些研究……我解剖、描画了三百六十个样本的性器官，阐明了分类学的种种冒险，看上去就像一部小说。"而小说，未始不是他们共同追逐着

206

的那只蝴蝶，它飞翔在日常生活上空，它是充满想象力的生活的翅膀，或者就是理想生活本身，"许多清新、广阔、空旷、安静的空间充满了蝴蝶"。

这是一对相互不满意又相互成全的作家朋友的故事。在这个故事中，威尔逊总是稳定的一边，而纳博科夫身上有着小说家的善变和不确定性。与纳博科夫通信要有强大的定力，如果你信了他就会给带到沟里去，相信陀思妥耶夫斯基和艾略特真的是三流作家，是"骗子"和"冒牌货"。我想起报社的一位女实习生读到《亲爱的邦尼，亲爱的沃洛佳》某一页，纳博科夫说"你下棋了，这是好消息。希望你很快成为好手，我好打败你"，不由得叫起来："这个人好可爱啊。"他们都是可爱的人。

阅读链接

〔美〕弗拉基米尔·纳博科夫、埃德蒙·威尔逊著，〔美〕西蒙·卡林斯基编，刘佳林译：《亲爱的邦尼，亲爱的沃洛佳：纳博科夫-威尔逊通信集：1940—1971》，上海译文出版社，2022年。

小说家感谢福楼拜，当如诗人感谢春天

无尽之书

《布瓦尔与佩库歇》，福楼拜未完成的长篇小说，一部无尽之书，也是一部虚无之书。据说，福楼拜为写作这部关于人类的无知的小说，读了一千五百本书，这几乎耗尽了他的全部精力，导致了他过早的死亡。

福楼拜死在1880年，这部生长了数年的小说也停摆在了这一年。1880年是向过去告别的年份，也是现代主义曙光初露的年头。这部百科全书式的小说是一个奇异的混合物，它残留着浪漫派的激情、敏感，也带着从启蒙运动那里承袭而来的清晰、冷嘲、怀疑和智力上的好奇心。福楼拜企图在这部作品中囊括和征服整个世界，这过于庞大的野心，不是个体的肉身所能承受的。据说，福楼拜动手写这部小说前，屠格涅夫劝他，不如写一部短篇小说为好。正因为这部小说未完成，现代小说一百多年来，鲜少有人提起它。我从人民文学出版社 2002 年出版的《福楼拜小说全集》读到老翻译家刘方的译本过去十多年了，直至 2019 年，才看到国内出的单行本，就是明证。

两个抄写员

小说以一种略带浪漫主义浮夸风格的诗化叙述，写了两个博学者的悲观：他们那么热情洋溢地扑近知识，可总是面临越来越深的敌意和困惑，走到岔道上去。

福楼拜笔下的这两个抄写员，一胖一瘦，得了一笔遗产，闲来无事，于是着手研究所有知识，分析每门学科。他们原先住在巴黎，为此来到乡下，经营起了一个农庄。他们修建宅院，研究各种园艺，举办宴会。他们做泡菜、自己酿酒、生产糖和奶油。他们的好奇心从地上转向星空，又从星空转向牲畜、化石和考古学。为此，他们结伴去购买中世纪古物，为历史争辩。再然后，小说吸引了他们的注意力，他们大声朗读小说，不管是悲剧还是喜剧。他们兴高采烈，从一个世界跳到一个世界，就像从一道光谱跳到另一道光谱，"有时他们感到一阵战栗，仿佛刮来了一股构思的风"。

文艺挑动起了情欲，他们开始追逐女人了。佩库歇追逐小保姆梅丽。布瓦尔爱上了波尔丹太太，开始勾引她。福楼拜在这里把波尔丹太太描写得像物质世界一样结实，以此比照两个空虚的资产阶级知识分子："强烈的阳光照亮了她的侧影；她的几根黑头发带中有一根垂得很低，她后颈上的小发卷贴在她汗湿的琥珀色皮肤上。她一呼吸，那一对乳房便高耸起来。草的馨香与她结实的肉体发出的好闻的味道融在一起。"

不幸（当然是小说家的安排）的是，佩库歇得了性病，这促使他们反思，不应该为对女人的情欲中断了友谊。他们重新回到了探究知识奥秘的老路上来。

他们读卢梭的《社会契约论》，研究美学问题，学习语法，写小说报仇，写戏，机械主义地寻找主题和灵感：喝咖啡，睡觉，出门找灵感。福楼拜在这里顺带也敲打了一下未来主义、象征主义和超现实主义那帮巫师，让这两个走火入魔的抄写员乞灵于体操、旋转桌、磁疗法、通灵术和自动写作那一套玩意儿。

"佩库歇刚失去他的童贞，在他的地窖里！（再过一周，关于爱情这一章就写完了。）现在，我要朝他身上扔去点糟糕的梅毒！这之后，我那两位仁兄将讨论妇女问题，到那时我就需要一些触及这类问题的谈贪恋与道德的文章。"1878年12月15日，福楼拜写信给莫泊桑，要他帮忙去借一本叫《来自妇女的一切好处或坏处》的书。这一千五百本书，福楼拜不是全部读完了再去写小说，而是要用到了，再去找来读，很功利的。很长一段时间，莫泊桑就负责给他找书，还有可怜的丹纳，经常要听他关于小说进度的絮叨。"我那两个好人还在继续走他们的路，——我希望七月末能结束这一章，到那时我就写了一半了。"（致伊波利特·丹纳，1878年6月20日）

知识的祛魅

——"怎样变成魔术师？"人得活得多无聊啊，才会这样问自己。

——"有强烈情欲的人可以激起别人的情欲。"失败的恋爱总算留下一点经验，也算不亏。

——"观看蜡烛燃烧时，他们琢磨光是在物体内，还是在我们眼睛里。既然星光到达我们这里时，星星可能已经消失，那么我们观赏的也许是并不存在的东西。"这差不多是在玄学的大道上裸奔了吧。

——"说到底，死亡并不存在。那是去露水里，去微风里，去天上的星星里。人变成类似树木汁液的东西，变成宝石的光芒，鸟儿的羽毛。人把大自然借给他的东西又归还给大自然；我们面临的虚无并不比我们身后的虚无更可怕。"这是小说里写得最美的一段话，让这对活宝说出来竟有一种滑稽感。

——"人死后，他们的灵魂在恍惚间被运送到那里。但有时那些灵魂会降到我们的地球上，让我们的家具咔咔作响。"

到这地步，已经不能不思考死亡了。蒙田怎么说来着？所有的哲学问题就是思虑死亡，学习死亡，即是为了安顿生命。于是，这对活宝开始认真讨论死亡，希望死后回归上帝那儿去。他们忏悔、禁欲、望弥撒、领圣餐，还领养了两个孩子，希冀有一个好的来世。

一对白痴，两个19世纪的堂吉诃德，在无穷无尽的折腾中，遗产花完了，健康损坏了，他们对世界的好奇也在一次次的推测中耗尽了。

"我们马上要跌入怀疑主义的可怕深渊了。"其中一个叫道。他们其实早就落入那个深渊了。他们想要探究世界的全部知识，世界回之以粗俗的滑稽感和难言的悲剧性，最后，颠覆知识的还是知识，成了，这就是知识的祛魅。

文性之书

接下来他们还要折腾啥？如果不是死亡来终止，这个小说福楼拜会一直写下去，也会让他们继续闹腾下去吧。他或许会写，死亡真的降临了，这两个巴黎抄写员的灵魂悠悠荡荡，离了人间，去经历一番但丁式的地狱和天堂。但即便他们再有一番《神曲》式的历练，那地狱和天堂也不是原来的模样了，说不定，他们会把那里都给拆了。

我忽然有些明白了，这本书为什么会成为乔伊斯最心爱的书。原来它不只是一部"反对资产阶级的爆炸性的讽刺作品"，还是一部虚无之书，它最终通向的是知识的虚无，人类生存的虚无。另外，乔伊斯和福楼拜，他们都通过写作终结了19世纪晚期以来的自由人的观念，人是不完整的、未完成的。他们俩，一个生活在现代主义运动的

"英雄时代",一个生活在"英国控制下的和平年代",但他们没有代际落差,惺惺相惜。

"克鲁瓦塞的隐士。第一个现代小说家。现实主义之父。浪漫主义的屠夫。连接巴尔扎克和乔伊斯的桥梁。在自己洞穴中的熊。中产阶级的憎恨者。"(朱利安·巴恩斯语)这就是后世眼里的福楼拜。

在乔伊斯和继起的一代现代主义作家那里,福楼拜是他们的父亲,他的书是一代人的父性之书。尽管1880年福楼拜就去世了,但他通过身后连载的小说、出版的书籍(包括这本《布瓦尔与佩库歇》),一直持续地对他们产生着影响。在福楼拜身后,一代真正的现代作家才真正出现,他们是他去世时正当盛年的亨利·詹姆斯、爱伦·坡、马拉美、魏尔伦,然后是乔伊斯、庞德、叶芝、艾略特、康拉德、普鲁斯特、瓦莱里和弗吉尼亚·伍尔夫等更年轻的面孔,再然后,漂洋过海到美国,催生了我们热爱的海明威、福克纳和奥登。

细节的迷恋

詹姆斯·伍德的《小说机杼》,笔墨异常经济,却专为福楼拜辟出两章，可见热爱。一章"福楼拜和现代叙述"，开头说道："小说家感谢福楼拜，当如诗人感谢春天：一切从他重新开始。"

伍德认为，谈论现代小说，须得分成福楼拜前和福楼拜后两个时期。"福兮祸兮，福楼拜一手建立了大多数读者所知的现代现实主义叙事，他的影响我们太熟悉，以至于熟视无睹。"

他举出版于1869年的《情感教育》为例，来说明为什么是福楼拜而不是巴尔扎克或者龚古尔兄弟，来做这个小说史上的分水岭，很重要的一个原因，是因为福楼拜"对细节的现代性迷恋"！

《情感教育》的主角弗雷德里克·莫罗，在拉丁区闲逛，一路感受着巴黎的声色。跟随着他的视线，城市细节一一闪现：因为安静变得更长的学院高墙，鸟笼里扑扇的翅膀，转动的车床，挥着榔头的补鞋匠，穿旧衣服的人，吧台后面打哈欠的女人，桌子上没有打开的报纸，洗衣女工作坊里暖风中抖动的衣物，一辆马车疾驰而过。

这些细节是多么出色，又是多么精彩地孤立着。伍德说，福楼拜好像漫不经心地扫视着街道，他的眼睛就像一架"摄影机"，在他精挑细选般的扫视中，每个细节，都被一道中选之光定格了。伍德还发现，这些细节——疾驰的马车、打哈欠的女人、颤抖的衣物——分属不同的"拍号"，也就是说，被福楼拜摄入眼中的细节，有即时的，也有日常的、循环往复的，现在他们都被一一抹平地放在一起，"好像同步发生的一样"，有着一种精美的人为操作的效果。这些细节几乎"像生活一样"扑面而来，伍德说；此即现代叙事之滥觞。

福楼拜的灯光

《小说机杼》开宗明义，"小说之屋，窗开百扇，门唯二三"，"拍号"，还有"自由间接体"，或许就是伍德所说的小说之门。"自由间接体"讲叙述视角，作者总是顽固地躲在全知叙事的大袍里不出来，"拍号"呢，就是"双面的维洛妮卡"，就是某人做着什么事，而别的什么事正在发生。

继续《情感教育》的例子：1848年，革命席卷巴黎，士兵朝所有人开火，一切陷入混乱，我们的主人公，"一路奔到伏尔泰码头。一个穿长袖衬衫的老人开着窗户哭泣，他抬眼看着天空。塞纳河平静地流过。天是蓝的；鸟儿们在杜伊勒利宫里鸣唱"。

> 俯瞰广场的每一扇窗都在开火；子弹在空中呼啸而过；喷泉被打穿了，而水混着血，四散开来，在地上坑洼处积成一滩一滩。人们穿着衣服戴着军帽，拿着武器，在泥泞中滑倒；弗雷德里克感到脚下有什么软绵绵的；那是一位穿灰大衣的中士的手，他脸朝下趴在水沟里。更多工人成群结队赶来，把士兵逼往警卫队队部。火力更猛了。酒商的店铺开着，不时有人进去抽一斗烟，喝一杯啤酒，再回去战斗。一只流浪狗开始嚎叫。引来笑声。

这电影化的一幕里，让我惊异的，不是那只中士的手，而是那些战斗间隙跑到店铺里去的人，他们进去抽烟、喝酒，开几句玩笑，过一把瘾再出来射击。还有最后的那一阵流浪狗引发的笑声，我猜想，那必定是哈哈的大笑声。

日常的、可怕的，这些细节交杂在一起，它们所引起心理上的体验已无多大区别，一切都让人麻木，也让人心惊。所以，伍德说，要是说这书出现在1969年，而不是它实际出版的1869年，恐怕还是会有很多人信。不为别的，就为它无处不在透着的现代味。

西利尔·康诺利，《现代主义代表作100种提要》的作者，他这段话说得特漂亮：

> 福楼拜和波德莱尔是我们的两个倒下去了的父辈，他们被打垮了，被摧毁了，是悲剧性的人物，但他们又都是照亮后代的灯塔。波德莱尔的灯光一明一灭地从他母亲的家乡昂弗勒发出，福楼拜的灯光则永不熄灭地发自克鲁瓦塞他的故居。它们照亮了塞纳河两岸，照亮了通往巴黎、特鲁维尔、多维尔、鲁昂等地的水上通路。

波德莱尔的灯光，"一明一灭"，福楼拜的灯光，"永不熄灭"。高下已见，无须多言。

鲁昂的宴会

去世那一年，福楼拜在日记里写道："什么时候这部书才能完成？这是个问题。如果要在下一个冬季出版，那么从现在到那时，我就一分钟都不能放过。但有时我很累，以致感到自己像一块已经不新鲜的卡门贝干酪一样在融化了。"

他没有等到下一个冬季。勤奋工作直至最后，福楼拜在他克鲁瓦塞的家中病逝了。或者换一种说法，因为贫穷、孤独、筋疲力尽，福楼拜在他五十八岁零四个多月时突然去世了。这正与反的两种叙述，掩盖不了一个事实，在他毕生生活的鲁昂小城里，知晓这个伟大小说家的人，十个里不会超过两个。葬礼之后，一群吊唁者，包括诗人弗朗索瓦·戈贝和泰奥多尔·德·邦维尔，在鲁昂举行一场宴会以纪念这位作家。

围着桌子坐定后，他们发现现场共计有十三人。这是一个不吉利的数字，迷信的邦维尔坚持要再找一位客人。于是他们去街上搜寻。经过几次拒绝，终于带回一名度假中的士兵。那士兵从未听说过福楼拜的名字，但他是诗人戈贝的粉丝，于是他兴冲冲地参加了那场宴会。这是朱利安·巴恩斯的传记小说《福楼拜的鹦鹉》中的一个情节，倒很像是福楼拜预先为自己写下的一则自嘲。

阅读链接

〔法〕居斯塔夫·福楼拜著，李健吾、何友齐、王文融等译：《福楼拜小说全集》，人民文学出版社，2020年。

〔英〕詹姆斯·伍德著，黄远帆译：《小说机杼》，河南大学出版社，2015年。

林中小路

去波兰读米沃什

刺猬与狐狸

2004年8月14日，九十三岁的诗人米沃什在波兰克拉科夫去世。我得知这一消息是在三天后的晚上。那个晚上我正在读生活·读书·新知三联书店于该年六月出版的《米沃什词典》。联想到另一位流亡作家布罗茨基死后要求将自己的灵柩运回圣彼得堡，米沃什选择曾经生活过的克拉科夫为终焉之地，也算是死得其所了。

从书架上找到十余年前买的一本诗集，绿原译的《拆散的笔记簿》，这是米沃什在加州大学伯克利分校时期创作的一本自选诗集，据我所知，也是国内翻译的最早的一本米沃什集子——上面是我不同时期读米沃什时画下的线条和符号。很难凭着这些随兴所致的线条和符号去复原当时读米沃什时的心境。经典不是凝固的，它像流变的大气层，而笔记簿也终于散了，那一页页的时间、地点和人名，在米沃什写下的那一刻——或写下它们之前——就已死了，只是化简为一个个词条，夹在一本词典里。

"词典"，米沃什以这个词作为他自传的书名，流露出把世界纳入他的知识谱系的野心——一个诗人的野心，那就是用语言重新安排世界。

那个晚上，我一直在看《米沃什词典》。在书页的边角处，我写下了这么一段话，作为对他的致敬和纪念：

米沃什在这里用一种很好的方式结构起了他的一生，那就是词典的方式——当历史翻去一页时，一切的人和事，都是以词语的方式寄身在一本词典里——这是出于一种对词语的信任，或者说，是出于对世界与词语之间关系的敏感……九十岁那年，他还在说，他一直在寻找一种语言以表达他眼中的世界。他找到了。这本有着许多亡者姓名的书传达出了他的一个信念，那就是抓住自己的语言。他是一只刺猬，因为他

如此的固执。但他魅人心魂的语言，总让我觉得，他
是一只狐狸。

不同于布罗茨基后来成了一个英语作家，米沃什离开
波兰后一直在用母语写作。一个诗人对母语的忠诚，实质
上是对一种文化的眷恋和乡愁。在我的阅读经验中，从另
一个出生于波兰的作家伊萨克·巴舍维斯·辛格的身
上——他于1935年赴美，八年后加入美国国籍——也可以
看到这一眷恋和乡愁。伊萨克·巴舍维斯·辛格一直是用
意第绪语这一东欧小语种写他的小说。这种语言据说二战
前有一千一百万犹太人在使用，如今则只剩三百万人，且
逐年递减。他自嘲说，写鬼故事，没有比一种将要死亡的
语言更为合适的了。长篇小说《萧莎》的开篇，就是用一
种反讽的语调谈论语言：

　　我受过三种濒死的语言的教育——即希伯来语、
阿拉米语和意第绪语（有的人根本不把意第绪语算作
一种语言）——并在源于巴比伦文化的犹太教法典的
薰陶下长大成人。

世界的形相取决于观者的视角和他的经历。大屠杀给欧洲的犹太人留下了永久的创伤，一切都虚无、不确定。在辛格眼里，世界成了一个屠场，一个巨大的地狱，而肉体则意味着痛苦，它们是一对同义词。诗人米沃什由此转向了《圣经》中那个著名的花园："唯有乐园靠得住，世界是靠不住的，它只是昙花一现。"

1951年，米沃什从驻法使馆文化参赞任上出走，时年四十岁，他还要在法国和美国生活长长的半个多世纪才走向人生的终焉。可以断定的是，波兰，以及关于波兰的一切，将是贯穿他下半生和诗艺的一个中心词。带一本米沃什的诗去波兰、去华沙、去内陆的小镇、去维斯瓦河边的森林，以这样一种方式走近一个诗人，是否会呈现出更广阔的他的内心生活的图景和他诗艺的秘密？

预订去波兰的机票是6月4日。随着日期的临近，华沙，这个一次次在电影和小说中出现的城市似乎近了许多。我读了米沃什的两首诗，《在华沙》和《献辞》，是1945年的作品，《拆散的笔记簿》中未收录。米沃什说，生活在这个国家的重负，超出了他的笔所能承受的——"我的笔比一只蜂鸟的羽毛更轻"。那悲伤超出了忍耐的力量。而他的心就像一块石头，里面封闭着的，是对最不幸土地的隐秘的爱。

他如此诘问："我怎能生活在这个国家，在那里，脚会踢到亲人未曾掩埋的尸骨？"

> 我不想这样去爱。
> 那不是我的意愿。
> 我不想这样怜悯。
> 那不是我的意愿。

于是，他在1951年离开了这个国家，定居巴黎，成了一名自由作家，并在九年后移居美国，在加州大学伯克利分校任波兰文学讲师。世人眼里他很快融入了美国主流社会，和米兰·昆德拉、索尔仁尼琴、哈维尔、布罗茨基等流亡作家一样，成了美国艺术文学院的院士。但他在波兰的根以及与波兰精神生活的联系却始终没有割断过。

这天下午，站在江厦桥上，陡然变得开阔的江面上，散漫铺展开去的江水几乎和白茫茫的雨云衔接在了一起。我想着1945年《在华沙》里的"你"——那个站在维斯瓦河边的"无用"的诗人。奥斯威辛之后，几乎所有的诗人都是"无用"的了。

你在这里做些什么，诗人，在这

明朗的春日，在圣约翰大教堂的废墟上？

你在这里想些什么，在维斯图拉河（即维斯瓦河）

吹来的风播散着

瓦砾的红色灰尘的地方？

血液里的"耻"

2006年6月4日上午十点十分，芬兰航空公司MD-11
飞机从浦东机场起飞时，天空下着大雨，落在机翼上满是
蒸腾的水汽。飞行十小时后，抵达此行中转的赫尔辛基，
因有五小时的时差，当地时间为下午三点多。从地图上
看，从太平洋西海岸到波罗的海沿岸的赫尔辛基，飞机横
穿了整个亚欧大陆。

原定六点三刻去华沙的航班推迟了近两个小时，八点
过后才起飞。此时太阳还悬在地平线上，照着机翼下的河
流和大片的针叶林。飞机爬升不久，就一头扎进了云层
里，但云层并不厚，飞机先是向西，然后折向南行。阳光

再度落进机舱，它如此炫目，坐在边上的芬兰老太太发出了低低的一声惊叹。当太阳整个地陷身于云层里的时候，那光还是顽强地穿透出来。

机窗外散布着零星岛屿的蓝色海面，应该就是波罗的海了。夕阳下的波罗的海，近处蓝得明亮，远的则消弭在混沌的大气中了，海岸线也由明晰变得模糊。不知不觉，我靠着舷窗口睡了过去。

飞机向着云层俯冲而下，当它破云而出时，城市出现在了我的视野中。白色屋顶的建筑散布在连绵的绿地上，如同鸟粪。我看见了维斯瓦河。它是银亮的。它是宽阔的。它在大地上弯曲着，像是什么力量让它痛苦地蜷紧了身子。接下来的几天，我会天天看到它，闻到它一个女人般潮润的气息。

午夜十二时入住诺富特酒店，华沙街头几乎没有了人影。天边的半个月亮，照着这城，像是一幅黑白摄影。

华沙城是二战后从废墟上重建的。1944年华沙起义失败后，希特勒下令把华沙夷为平地，市区百分之九十的建筑都被炸毁，且城中所有大的建筑都是由工兵依次爆破。二战时，在德国曾有人把波兰称作"世界的阴沟"，纳粹杀起波兰人或斯拉夫人就像处理屠宰场里的牲畜一般。这样的场景对看过斯皮尔伯格执导的电影《辛德勒的名单》的人来说不会太陌生。

现在我们看到的旧城，所有的纪念性建筑，都是按照14至18世纪的原样重建的，杂糅着哥特、文艺复兴、巴洛克等多种建筑风格。一大片中世纪式样的红色尖顶建筑群，四周环绕着红砖砌成的内墙和外墙，四角则是高耸的城堡。广场周围一些装饰性的拱顶和游廊，当是后来增建的。

这是一个被各种利益集团多次出卖的民族，历史上的波兰，在14、15世纪的鼎盛期过后就开始走下坡路了，多次受到沙皇俄国、普鲁士、奥匈帝国的挤压和瓜分，1939年，在与苏联达成一项秘密协议后，希特勒出兵波兰北部港口城市格但斯克，继而占领波兰全境，二战随后爆发。米沃什站在斯德哥尔摩的讲坛上如此描述那个耻辱的日子："1939年8月23日，那时两个独裁者签订了一个协定，包括一个秘密条款，借以瓜分他们邻近的有自己的首都、政府和议会的国家。那个条约不仅发动了一场可怕的战争，它还重申了一个殖民原则，据此，各民族不过是牲口，可以买，可以卖，全凭当时的主人的意志。它们的边疆，它们的自决权，它们的护照不再存在了。"

波兰及整个的东欧（"第二个欧洲的居民们"），就此——如同米沃什所说——"命定地坠入了20世纪的黑暗中心"。而苏军"解放"波兰之后的专制，让现在的波兰人至今还对俄罗斯人抱着一种复杂的情绪。

"耻"的意识，历史的屈辱感，渗透了波兰人的血液：

> 在帝国的阴影里，穿着古老斯拉夫人的长内裤，
>
> 你最好学会喜欢你的羞耻因为它会跟你在一起。
>
> 它不会走掉即使你改换了国家和姓名。
>
> 可悲地耻于失败。耻于供宰割的心。
>
> 耻于献媚的热忱。耻于机巧的伪装。
>
> 耻于平原上的土路和被砍倒当柴烧的树木。
>
> ……
>
> 你时刻受到耻辱。

旧城广场上的美人鱼雕像前，叽叽喳喳地围着许多孩子。鸽子见人不惊。他们的老师在讲解神话故事，也有可能是在讲解这个城市这个广场的历史。沿着旧城广场的一条倾斜的小巷，越往里走，空气里的水汽越浓重。小巷到了尽头，一折，眼前豁然一亮，从斜坡上看下去，竟是一

个宽阔的河湾。这就是维斯瓦河了，几乎贯穿波兰全境的最大的河流。它起源于西贝斯基德山，在由南而北注入波罗的海的一千余公里的漫长流程中，把克拉科夫、华沙、格但斯克几个大城市串在了一条线上。

"你是牛奶是蜂蜜是爱情是死亡是舞蹈"——米沃什曾这样称颂它。我突然好奇，在华沙，在其他的一些城市，米沃什曾多少次跨过这条河？

> 我们随着响在所有沉没城市的钟声走下去。
> 被人遗忘了，我们为死者的使节所迎候，
> 当时你无尽的流动挟着我们向前向前，
> 没有现在也没有过去，只有一刹那，永恒的。

米沃什写下这首《河流》是在1980年，在加州大学伯克利分校。他离开他的祖国已经近三十年了，记忆中越来越鲜活的，却还是他的出生地维尔诺与这条河。在这四行诗句里，河流、钟声，成了流动的时间的一个征象，尽管"时间在我们的头顶狂风似的怒号"，尽管我们所有人都要被"死者的使节"所迎接，但有一刹那已成永恒。或许，这就是米沃什说的"探查那使时间屈服的法律"？

从《河流》及米沃什在流亡期间写下的大量诗歌可以看出，很大程度上，米沃什克制住了他的乡愁——维系他的乡愁的只有语言，他使用了一辈子的波兰语。他没有浮泛地赞颂维斯瓦河，这使得他的诗歌承载了更大的历史、道德和形而上想象的空间。

但这是什么样的语言啊！或者说，这种属于斯拉夫语族的小语种能否成就伟大的诗篇？尽管米沃什称一直在侍奉忠实的母语：

> 每天晚上，我总在你面前摆下你各种颜色的小碗
>
> 你就可以有你的白桦，你的蟋蟀，你的金翅雀
>
> 像保存在我的记忆里一样

但正如有论者所指出的，这种语言缺乏哲学表达方式，缺乏形式感和准确性，这正是米沃什所面临的困难：狭隘的民族主义、只能表现日常生活却不能表达历史生活的可能性、对思想的无能、对悲剧的漠然等等。

因此米沃什才会有这样的感慨：

> 现在，我承认我的疑虑。

有时我觉得我浪费了自己的一生。

因为你是低贱者的、无理智者的语言，

他们憎恨自己甚至超过憎恨其他民族；

是一种告密者的语言，

是一种因自己天真

而患病的糊涂人的语言。

他试图拯救这一语言。和他的前辈诗人密茨凯维奇一样，他也用自己的诗歌改造着这一语言，但他最后还是感慨："我没有能够拯救你。"

不能拯救国家和人民的诗歌是什么？米沃什以三个类比回答了这一自问：一种对官方谎言的默许，一支醉汉的歌（他的喉咙将在瞬间被割断），二年级女生的读物。

"我的笔比一只蜂鸟的羽毛更轻"

早晨六时，太阳把我们下榻的诺富特酒店对面的斯大林宫（文化科学宫）染得金黄。这座庞大、笨重的建筑，矗立在华沙市中心，如同一个古堡，象征着二战后斯大林在波兰的威权。早餐后匆忙赶至火车站，坐九点钟的火车前往波兰南部城市克拉科夫。因是一等车厢，乘客不多，车内很是整洁、安静。火车刚驶出华沙，天气还很好，不一会儿大块的云团飘来，下起了雨。雨水在车窗玻璃上冲下了一道道污渍，看出去，树林、平原、草坡，全都变了形。

从华沙到克拉科夫，凡三百公里，火车驶行两小时四十五分，与时刻表上一分不差。这一段的维斯瓦河，河面并不开阔，流速也平缓。

在1596年波兰国王西格蒙德·瓦萨三世迁都华沙前，克拉科夫一直是波兰的首都。公元10世纪末，维斯瓦公爵在克拉科夫建都，而当时的华沙，不过是维斯瓦河边的一个中世纪市镇。较之华沙，克拉科夫的幸运，在于二战期间这座城市几乎未受大的损害和破坏，那些数百年历史之久的教堂、皇宫、城墙、大学都得以保存。

去克拉科夫，是为看臭名昭著的"死亡工厂"——奥斯威辛集中营。出发前安排旅行线路，从华沙出发有两个方向可走：一是去北部港口城市格但斯克，那片狭长的出海通道曾是二战爆发的策源地，写出"但泽三部曲"的君特·格拉斯就居住在这个城市；另一条线路则是去南部的克拉科夫。我说去奥斯威辛吧，去看看人类怎样一边创造文明，一边为同类建造巨大的杀戮场。

哲学家阿多诺说，奥斯威辛之后再写诗是野蛮的。他没有明白说出的是，死亡本身并不可怕，最可怕的是人性的恶。

下着雨。中午时分的天色阴沉得有如黄昏。刚进入集中营时的塔楼、电网、铁轨、站台和一直延伸到极远处的囚房，它们在一些电影场景中出现过，已经不再让我感到陌生，但空气中浓重的死亡气息还是让人喘不过气来。

世人所称的奥斯威辛集中营，是奥斯威辛市附近四十余座集中营的一个总称。它由纳粹德国陆军司令希姆莱于1940年4月下令建造，是德国人在二战期间修建的一千余座集中营里最大的一座。据波兰国家博物馆历史学家派珀于2005年公布的一项最新研究数据，在奥斯威辛集中营存在的四年多期间，共有一百三十万人在此关押，一百一十多万人在集中营丧生。派珀还指出，被关押到集中营的犹太人只有约二十万人登记过，其余一概是一到集中营就被杀害。

图片资料上，成群的犹太人坐着火车来到奥斯威辛，他们中有些人还对那个美丽的谎言坚信不疑。

优雅的妇女——很快，她们就要受到牲畜一般的对待——和哭泣的儿童。毒气罐。焚烧尸体生成的白烟。焚尸炉。毒气浴室。人的皮肤制作的灯罩。女人的毛发编织成的军用地毯。只走了编号为1号和2号的两处集中营，我就说我不想看了。一个人站在沙砾路面上，好半天才把呕吐的心情克服下去。

我不想这样去爱，

那不是我的意愿。

我不想这样怜悯，

那不是我的意愿。

我的笔比一只

蜂鸟的羽毛更轻。这重负

超出了它的承受。

我怎能生活在这个国家

在那里脚会踢到

亲人未曾掩埋的尸骨？

我听到声音，看到微笑。我什么

也不能写；五根手指

抓住我的笔，命令我去写

他们活着或死去的故事

使我生来就成了

一个例行的哀悼者

诗人可以暂时挣脱他的乡愁，但又怎么摆脱生活在
"20世纪最黑暗中心"的耻？他不愿意成为一个"例行的
哀悼者"而离开祖国，半个多世纪后不是像奥德修斯一样
回来了？

回忆一生中遭遇的人和事的"词典"，不也是生者对
死者的哀悼：

我的20世纪是由一些我认识或听说过的声音和
面孔所构成，他们重压在我的心头，而现在，他们已
不复存在。许多人因某事而出名，他们进入了百科全
书，但更多的人被遗忘了，他们所能做的就是利用
我，利用我血流的节奏，利用我握笔的手，回到生者
之中，呆上片刻。

傍晚，回到克拉科夫，独自一人去市政厅广场散步。
这个建造于中世纪的广场到了傍晚也是人群熙攘。流浪艺
人在奏琴。孩子们围着装扮成童话中角色的乞丐，脸上有

掩饰不住的好奇与吃惊。圣母玛利亚升天大教堂的钟声响了，惊起了密茨凯维奇雕像下的灰鸽，纸屑一样在黄昏玫瑰色的空中纷扬。不一会，天色已由玫瑰红转成了淡淡的灰，广场上的人面也已模糊不清。

进教堂默念一段主祷文。身前身后的孩子们，说话、走路，都是轻轻的。在这个宗教气氛浓郁的国家里，他们大概从小就被告知，这里是神的居所，要轻些，再轻些。白天在克拉科夫的街头，也会看到一些还是上幼儿园的年龄的孩子，由几个修女带着在走。他们每周都要上神学课。对世界的敬畏之心，那么小就在他们的心里植下了。

回去时，绕了一个大圈子，穿过了住所附近的一个小村庄。月亮升起来，照着克拉科夫市郊这个村庄的房屋和树木，空气里有着植物在露水中开花的香气。一排排红色墙面、小尖顶的屋子，窗台上几乎都摆放着一盆盆的鲜花，屋前屋后也都有花园。月光下，木栅栏后面，我可以辨认出芍药、玫瑰、苹果树和樱桃树。踢碎的露珠里仿佛有着诗人米沃什的声音："在灾祸中所需要的，正是一点点秩序和美。"

临睡前，我打开带了一路的《拆散的笔记簿》。我看的是《世界》，这首诗还有个副标题，"一首天真的诗"。

米沃什在这里以一种平静的、历尽沧桑的语调叙述了家乡维尔诺的小路、屋顶、篱笆、门廊、楼梯、林中的一次远足、父亲的教诲，这是他在暮年回忆他怎样认识世界，世界又怎样进入他心中。

在曾经发生大屠杀之地，写下田园短歌般的《世界》，这难道不会受到谴责吗？但米沃什放弃了辩护。他把这组诗看作对毁灭的反抗——"在恐怖之中写下的轻柔的诗歌宣示了向生的意愿"。

这一夜，我或许是在克拉科夫读米沃什的唯一的中国人。

我要把手指停在"信念"这一页上，进入今夜的睡眠。

> 信念这个词意味着，有人看见
> 一滴露水或一片飘浮的叶，便知道
> 它们存在，因为它们必须存在。
> 即使你做梦，或者闭上眼睛
> 希望世界依然是原来的样子，
> 叶子依然会被河水流去。

它意味着，有人的脚被一块

尖岩石碰伤了，他也知道岩石

就在那里，所以能碰伤我们的脚。

看哪，看高树投下的长影子；

花和人也在地上投下了影子：

没有影子的东西，没有力量活下去。

坐火车穿过波兰

火车在平原上奔驰，河流、草坡、一个个村庄和市镇在窗外掠过。

当白鸥掠过水池飞向远处的树林时，乡村教堂的十字架在6月的阳光下闪亮，当火车穿过平原惊醒田野上的稻草人，维斯瓦河在雨中泛着小小的浪，而死者的亡灵化作飞鸟回来，我想着，这一切，如何用米沃什的语言说出，是憎恨的、诅咒的，还是哀悼的？

就像他自己说的，因为不想做一个例行的哀悼者，因为不愿意一生下来，就重复那些死者的名字，他选择了离开。一个白人世界的成功者，在异国说着卑贱者的语言。

然后，他回来了。他给自己安排的死的仪式，是听着克拉科夫市政厅广场的钟声闭上眼睛。

一个天真的世界，它一直在那儿等他回来。

此行是去波兰中北部城市比得哥什，参加该市建城六百六十周年的其中一项纪念活动——国际图书节。这是波兰库亚瓦滨海省的一个省会城市——如果我没有记错，米沃什出生并度过整个童年的维尔诺也是一个省城——位于维斯瓦河与布尔达河的交汇处，人口约四十万。我将在这里度过三个晚上。米沃什描绘维尔诺城的一段话，用来形容比得哥什大概也是确切的："这是一个奇妙的城市，巴罗（洛）克建筑移植到了北方的森林，历史写在每块石头上，有四十座天主教堂和许多犹太教堂。"照米沃什的说法，这样的城市还应该包含如下特征：一种宽容的无政府主义、幽默感、群体感、一种对任何集权的不信任感。

离开比得哥什前，我写下一首诗：

　　　　风走动，沿着平原上的铁路

　　　　它吹开广场上姑娘们旋转的裙子

　　　　它有时奔跑，踩着光滑如缎的河流

傍晚我坐车经过城郊的黑松林

它噏起唇，吹凉了墓地大理石上的阳光

"我的家就在这里，在这片松树林的包围中。"

司机无意中发错的一个单词

道出了事情隐藏的秘密；他的脸迅速销蚀

如同盐溶化于水，灰烬在空中飘散

几天行程结束后，坐火车返回华沙。铁路沿线，麦子已快黄熟，油菜花还未全谢，黝黑的土垄旁，还不时可以看到翠绿的马铃薯叶子。波兰的纬度要高些，此时的气候和节令，相当于中国南方的4月中下旬吧。

这一路走下来的几个城市，华沙、克拉科夫、比得哥什，都在维斯瓦河上。克拉科夫在河的上游，再往南过了西喀尔巴阡山脉就是斯洛伐克了。比得哥什和托伦城，则是河的下游了。

定的是6月10日下午四时的航班，趁在华沙逗留的最后几个小时，去看了瓦津基公园的肖邦雕像和拿破仑的另一处行宫。杨树、柳树正在吐絮，风一吹，雪花般狂舞，草坪上全是薄薄的细雪般的一层。

公园里那些拍婚纱照的男女、奔跑的孩子、支着画架写生的青年艺术家，那散发着湿润气息的河流、窗台上的盆花、街头行走的姑娘，很快就要成为记忆。

米沃什便是这样命定的"记忆的承担者"，半个世纪的流亡生涯，使他只能在回忆中一次次地访问故乡。因此他赋予诗人的两个属性是：眼睛的贪恋和描写所见一切的欲望。而记忆在他身上也有了这种力量，那就是：忠实于自己的语言——"它使我们避免采用一种像长（常）春藤一样在树上或墙上找不到支撑时便自身缠绕在一起的语言"。

我没有这样的使命。这样的行走只能是一次轻快的滑翔。

阅读链接

〔波兰〕切斯瓦夫·米沃什著，绿原译：《拆散的笔记簿》，漓江出版社，1989年。

〔波兰〕切斯瓦夫·米沃什著，西川、北塔译：《米沃什词典》，生活·新知·读书三联书店，2004年。

我与多克特罗

"我一直留在门外"

《拉格泰姆时代》是小说家 E. L. 多克特罗用心弹奏的一支令人吃惊的曲子，又是一幅由许多明晰的画面和照片连缀而成的21世纪初叶美国社会的巨型风尘画。从某种意义上来说，《拉格泰姆时代》也是多克特罗对第一次世界大战前夕美国这个新兴国家历史的理解和把握，那是一个新事物带着变幻无常的面貌层出不穷的年代：

移民蜂拥而至寻找机会和梦想；福特发明了装配汽车的流水线，生产效率大大提高；同时潜伏着种种的危机，比如劳资纠纷、种族争端，以及男女平等问题；战争的阴影也在逼近。这一切就像当时风靡的"拉格泰姆"，这种以切分音节奏为特征的美国黑人音乐的风格。

给那个时代画像，多克特罗叙述了三个具有代表性的美国家庭的生活，中产阶级白人"父亲"和他的妻子，犹太移民"爸爸"和他的女儿，黑人钢琴家科尔豪斯他的情侣萨拉（奇怪的是，除了那对黑人情侣，小说中这些虚构人物几乎都没有姓名）。在他们命运的演变中，多克特罗穿插了美国历史上这一时代的真实事件和名人生活。

于是我们看到，真实的人和事与小说中虚构的情节糅合在了一起，它们彼此交织，互相影响。虚构的白人实业家"父亲"参加了名垂青史的皮尔利北极探险；1906年报纸的头版头条新闻人物伊芙琳·内斯比特在情夫被杀之后与小说中风度翩翩的中产阶级青年上了床；汽车大王福特和财阀摩根秘密会晤讨论死后的再生问题；奥国王子斐迪南观看脱身术大师胡迪尼的飞机表演；无政府主义革命家埃玛·戈德曼在一场激动人心的演说后开导伊芙琳……

纷陈杂乱中，我们似乎闻到了那个初创时代混杂着钢铁的轰鸣和爱情的呻吟的危险的气息。然而显赫一时的大人物也好，无名无姓的小说中人也好，当拉格泰姆风行的时代随着机器沉重的喘息消逝，历史不过是自动演奏的钢琴上的一支曲子而已，谁也不能逃脱他们命定的归宿，逃脱不了疯狂奔驰的时代火车驱使下的变化。摩根死于他再生的梦想，弗兰茨·斐迪南大公死于暗杀；业余探险家"父亲"死于他贩运军火的途中；萨拉死了，她的情人，天才的黑人钢琴家科尔豪斯为了可怜的自尊铤而走险成了一个暴徒，死于警察的乱枪之下；无政府主义者埃玛·戈德曼被驱逐国外；美丽多情的伊芙琳·内斯比特也已红颜憔悴，湮灭无闻；1914年，脱身术大师胡迪尼被悬在纽约百老汇上空的瞬间，脑海中浮现出了一个形象，一个小男孩正望着一辆汽车亮晶晶的黄铜前灯中他自己的影像，这正是那个时代冒险的人们的一幅图景。

小说的最后，"爸爸"——这个从拉脱维亚来的信仰社会主义的犹太人，这个被新婚的巨大幸福宠坏了的家伙，站在加利福尼亚的阳光下，看着草坪上嬉戏的孩子们，突然萌生了写一部电影的念头。这群象征着希望的孩子，也正是多克特罗对走过了二百年历史的美国的一个隐喻：

　　一群小孩，他们都是好朋友，有黑有白，有胖有瘦，有富有穷，各色各样的淘气的小顽童在他们的街坊四邻中经历了种种滑稽可笑的冒险，一群衣衫褴褛的孩子，跟我们大家一样，一群陷入困境然后又从中逃出的人。

把真实的人和事幻化为小说，E. L. 多克特罗在这一点上和欧洲小说家米兰·昆德拉的《笑忘录》走在了一起。什么是历史？历史是不是典籍上所记载、人们口头传诵的东西？在多克特罗看来，历史有时比文学更具夸张和想象成分（"历史跟其他事物一样，只是错觉罢了"），正因此，他所认为的小说就是"把自己的见解强加于历史"，或者说，小说就是对事物的神化。

然而，不要因此就以为多克特罗是一个耽于幻想的小说家，他对那个时代风尚的忠实描绘实在不亚于塞尚对一盘桃子的忠实，他对当时人们居室布置、服饰时尚照相机式的描写更要令今天的"新写实""新体验"旗手们汗颜。多克特罗是一个具有强烈责任感的小说家，虽然他的小说形式一直在变，但他认为，他的小说是真正继承了狄更斯、雨果、德莱塞、杰克·伦敦等大师的社会小说传统的，这传统就是深入外部世界，力图表现（记录）一个时代，而不只是与世隔绝，局限于叙述个人生活。多克特罗下面这句话对今天的小说家也不是多余的：

"近年来，小说进入居室，仿佛户外没有街道、公路和城镇。我则一直留在门外。"

"经典"质疑

读《拉格泰姆时代》是在1997年夏天。书是译林出版社"美国后现代主义文学代表作丛书"里的一种，封面好像是好莱坞老电影的剧照。一个县城里的青年小说家找这样一本不起眼的书来看，完全是一桩意外，他根本不知道E.L.多克特罗是何方神圣。他或许只是想看看另一种人生，或许是寻找写作的灵感。他没有想到，此后对这个作家会有近二十年的持续关注。

《拉格泰姆时代》写的是一战前的美国生活，多克特罗叙述了三个美国家庭的生活来写那个年代。当时我还在书的最后一页画下了一张人物关系简图。

三年后的夏天，我又重读了这个小说。它依然新鲜、有力，充满魅力。这一次，我把想说的话写在了书的扉页上："就像所有的光束穿过一面凹凸镜，先是收缩的，后来又扩展开去，光带里活动着挨挨挤挤的人影。当然最吸引人的是这个小说的叙事方式，概括中有细微，细微中有概括。"

这个小说让我印象至深的，是多克特罗对声音的迷恋。他是这样解释为何用那个时代风靡的"拉格泰姆"这种黑人音乐来指称那个年代的：低音伴奏部分是美国这列蒸汽火车在时代的车轨上行进的声音，那变幻无常的切分旋律，则来自被历史的旋涡冲卷着消失了的人们。写出这个小说十余年后，在纽约92街YMHA演讲厅与《巴黎评论》的一个对谈中，他谈到，触发他小说的，总是不经意间的一个声音，一个影像，也可能是新的深刻体验，反正什么都有可能。

也是那一年，给某报读者推荐"经典"长篇小说书单，我把这部小说和尤瑟纳尔的《哈德良回忆录》、图尼埃的《桤木王》等一并列进了推荐的十部之中，当时还和一个作家朋友通信讨论过这个小说。那位朋友读西方小说，基本上接受的是狄更斯、雨果的社会小说一脉，对多克特罗那种视角多变、信息密集的小说叙事有点吃不消，认为人物散，故事也散，用这样一种"散乱"的结构方式写一个时代显得弱了，不够"经典"。这让我意识到，对于一个习惯了线性叙事的传统读者来说，阅读多克特罗这样的文学史外的作家的确是智力和情感的双重挑战，我在给这位小说家的回信中表达了对"经典"的质疑，并告诉他，小说的意义不在成为经典供人瞻仰，而在于它永远涌动着的创造激情和探索精神。

历史的尽头是小说

2007年，多克特罗的新长篇《大进军》由"99读书人"引进出版，策划人彭伦先生知道我喜欢多克特罗，特地寄来了这本新书。小说写的是1864年六万北方大军在谢尔曼将军的率领下，火烧亚特兰大，横扫佐治亚州，向大海进军，一路杀到北卡罗来纳，一举结束了持续四年的南北战争的那段历史。

小说开篇，多克特罗捕捉住了一种声音，那是黑人奴隶们听到北方军队进军的声音。开始还是若有若无，只有空气的柔和搅动，像是耳中低语或是风拂过林地的沙沙声。接着，天空的颜色发生了变化，"一股向上喷涌的棕色云雾从大地上升起，好像这个世界正在颠倒过来"——那是谢尔曼的大军正在火烧佐治亚。当这烟雾横过天空向南移动时，它裹挟着的令人恐惧的声音也传来了。这低沉而雄浑的声音，正是那头战争巨兽发出的巨大的喘息——"他们有六万人，挥舞着一把三十英里宽的毁灭性的大镰刀，横扫过一片曾经物产丰富的土地"——它迈着笨重的、摧枯拉朽的步子，拉动着小说向前飞奔。

约翰·厄普代克这样赞美这部作品："非常精彩……多克特罗以充满悲悼的怜悯之心，和气势磅礴、明快简洁的文笔，带领我们见识了许多奇迹与悲哀、恐怖与喜剧的时刻……"

让我对多克特罗保持着持久兴趣的，正是他在《拉格泰姆时代》《大进军》方向上的写作。我更看重的是后现代作家进入历史书写时，传达出的新的方法论的气息。

我在第一部长篇小说《赫德的情人》中表达了对多克特罗（另一位是尤瑟纳尔）的致敬，历史的尽头是小说，正是他对我的启迪。

哲学家理查德·罗蒂说，美国民众的宗教信仰体系本质是实用主义的，它不是向上寻求崇高的信赖，而是脚踏实地，在无尽的旅途中向前看，抵制独裁主义对思想的任何钳制，这是一场声势浩大的人性的追寻。多克特罗的声音，汇入的是一个世俗国家文学事业的交响。这种广阔性和实用性，也正是美国小说与它脱胎的欧洲小说的区别。

这个出生于大萧条时代的唱片店主的儿子，据说他的名字埃德加·劳伦斯·多克特罗，就来自他父母对美国作家埃德加·艾伦·坡的喜爱。他说："我需要询问自己这个故事接下来要发生什么？这又将如何实现？我如何在一张纸上写满字？所以，最后我成了一位作家。"往往，他写一本书时是因为听到有声音在头脑里响起，而等到书写完了，"这本书它自己发现了自己的声音"。

"每本书都有自己的个性，而不是作者的个性。它在自说自话，而不是作者在说话。每本书都与众不同，因为作者并没有赋予每一本书同一个声音。"这个声音捕手，他一直在寻找并呈现声音的诗学。

他说他连女儿的一张请假条也写不好，因为"写作太困难了"。他还说，写作"就像在夜里开车，你永远只能看到车灯那么远，但你能这样开完全程"。

他是一个洞悉写作秘密的人，他知道灵魂如何被创造。因为他明白，写作带来的馈赠永远都不在你的掌控之中，它不仅是某种想要表达的东西，你在写作的过程中才会发现自己想要说出些什么。现在，这个创造灵魂的人已经走了，他的新工作，或许就是去记录天堂里的声音。

阅读链接

〔美〕埃德加·劳伦斯·多克特罗著,常涛、刘奚译:《拉格泰姆时代》,译林出版社,1996年。

〔美〕埃德加·劳伦斯·多克特罗著,邹海仑译:《大进军》,人民文学出版社,2007年。

平凡永恒之女性

　　新世纪的第一个十年，我遇见了罗伯特·赫德。我生活的城市宁波，一百五十年前有一个外国人居住区，狭长的河湾边，一字儿排着码头、英领馆和教堂（这座著名的天主教堂在2014年夏天的一场大火中被烧成了一个空架子）。1855年，二十岁的英国人赫德就是在这里开始他长达半个世纪的中国生活，那时，他的身份是英领馆的一名见习翻译。

　　在这之前，我在关注19世纪中叶以来我国东部口岸城市的外来者时，已经注意到这个维多利亚时代英国青年在中国的传奇经历。我发现，在现代性降临前夜的中国政坛，时时出没着这个人的身影：光光的脑门，穿着双排扣大衣，一副心事重重的模样，就像在上海外滩曾经竖立又

255

被捣毁的那个铜像一样。

但这只是公众所知的那个老成持重的赫德。想当年，这个贝尔法斯特女王大学的优等生刚到中国时，是何等青涩、多愁善感，又野心勃勃，且总是色眯眯的。这个家境贫寒的英国小镇青年是抱着到东方传播上帝福音的念头来到中国的，但他自己也没有想到，他会踏入神秘、诡异的清廷仕途，并一步步登上大清海关总税务司的高位，且执掌海关权柄长达四十八年。为此，他不得不关闭了另一个方向上欲望的阀门。这个人到死也是一个欲望多多的人，情欲、权欲，此起彼伏。他整个的青年时代都是在与情欲做着斗争。开始时，情欲的暗潮总要把他淹没，到后来，激情似乎已经耗尽，他远离了那些女性，而权力成了他的春药。

2005年前后，我一直在试图走近这个人。我找来了他的两大卷日记（从宁波包玉刚图书馆蒙满灰尘的书架上），他与忠诚的下属兼朋友金登干的函电录《中国海关密档》（整整七大卷，中国社科院近代史所陈霞飞先生主持了全部函电的翻译工程）。我也没有放过曾在海关供职的美国人马士的《中华帝国对外关系史》（他一直想为老上司写一本传记，却写成了一部历史），还有1866年春天与他一起踏上访英旅程的帝国下层官员斌椿、张德彝等人在《乘槎笔记》《航海述奇》里对他猎奇式的描写。渐渐地，这个人一生的轮廓在我的意念中清晰了起来：一个孤独者；长于内省的工作狂；高雅音乐爱好者；忠诚的丈夫与狠心的父亲；温柔的、敏感的，还是独裁的男人。哦，一个多么神秘而复杂的家伙。

他与船家女子阿瑶的共同生活，就是起自领事馆小湾旁（当时英国人都这样称呼那片河湾）的那排平屋。起初，她只是情欲的一个对象，共同生活中，她身上东方女子特有的柔顺品性渐渐吸引了他。她陪了他七年，从宁波，到广州，再到上海，并为他生下了三个孩子：大女儿安娜，两个儿子赫伯特和阿瑟。这个烟花般绚烂的殖民地情爱故事终归要结束，1866年——当时他已登上大清海关总税务司的要位——他率领近代中国第一个海外观光使团（即"斌椿使团"）前往欧洲时，他把这三个孩子送到英国一个监护人家里，而自己则迎娶了一个门当户对的英国小镇医生的女儿赫丝特，并在短暂的假期后将她带到北京充任他的总司夫人。

随后出现在公众眼里的赫德，已完全是一个谨慎圆通、没有道德瑕疵的帝国高级官员形象。他按照维多利亚时代的道德要求，也按照中国官场的私德要求重新塑造了自己。他把自己完全地献给了他在中国的事业，献给了海关，把大清海关建设成了正日益走向衰败的帝国最具现代化的一个部门。至于私生活方面，在北京的社交圈里，除了偶尔绅士地向女性献献殷勤，他已成了公认的没有绯闻的人。但他还是会抑制不住地流露对阿瑶的思念与愧疚。尽管他删改了早年的日记，对自认为荒诞不经的经历多有修饰，但顺着没有清除干净的蛛丝马迹，我还是发现，他对那个被他抛弃的中国女子的爱和悔意，延续在他半个多世纪对中国的复杂情感中。或许可以这么说，因为这个女子，他爱上了中国，中国给了他权力，而他改变了中国。

就像《中国岁月：赫德爵士和他的红颜知己》这本书里所披露的那样，与阿瑶所生的三个私生子让赫德在往后的日子里陷入了尴尬境地：一方面，尽管他竭力瞒着妻子，不让她知道这件事，但纸包不住火，赫丝特终归会知道；另一方面，他刻意不与私生子见面，按照自己的愿望设计他们今后的生活道路，但孩子们长大后他已无力掩饰真相，他们曾不止一次流露出要到中国来寻找生母的想法。在《赫德的情人》这个小说里，我让阿瑟回到中国，由他来讲述整个故事，以展开关于父子关系和爱的真谛的探讨，其间作为小说主体的，是赫德跋涉在官场的梦想与野心，他瞬息燃灭的情欲之焰和身处东西方冲突不为人知的苦恼，他对于古老中国向现代性转型的历史进程所起的作用……但如何让东西方的情爱悲剧与伦理悲剧中隐含的文化冲突呈现在小说中，或者说，小说是不是必得有义务承载这些？在这些问题上的纠缠，使这个小说缓慢推进了三年才告完工。我现在所能记起的是，2007年秋天，我在北京安内大街分司厅胡同的一家宾馆里动笔写这个故事时，北京天空正是那种异常明净的蓝，就在那一天，我在明净的屋子里写下了这个三十万字小说的第一个句子："破晓惊险地逃过一场海难……"

十几年前我写赫德的中国故事时，坊间除了卢汉超、赵长天两先生出版的传记，还没有一部完整呈现赫德情感世界的书。作为一部历史小说坚实基石的赫德婚恋生活的大量素材，当时大多是从电文、奏稿、日记和海关秘档中辑录的，如果那时候已经有了《中国岁月：赫德爵士和他的红颜知己》这样一本探究赫德情感世界的书，或许会省去我爬梳史料之劳。而在史料盘旋上的功夫少一些，势必可以多省下一些功夫用在小说本体上。中国的历史小说写作，从李劼人、高阳再至今天，到底应该是文胜于质，还是质胜于文的争辩，一直未歇，而每一次如同结束长跑一般结束一个小说，总是留下遗憾，包括《赫德的情人》。

《中国岁月：赫德爵士和他的红颜知己》的作者玛丽·蒂芬，曾经是一个研究农业问题的社会经济学者，当她退休后反观自己家族，发现自己竟然幸运地降生在一个有故事的家族里。她的外祖父曾经服务于赫德领导下的中国海关，她母亲，就出生在山东烟台。当她找到母亲卡拉尔家族三代女性在数十年的时间跨度里与赫德千丝万缕的交情故事时，她进入了一个家族史与社会史交叉的独特书写空间。作为卡拉尔家族中第四代到过中国的女性，一个训练有素的历史学者，她利用家族文件、档案材料、日记和书信，完整还原了卡拉尔家族那些气质非凡的女性与大清海关总税务司赫德的私人交往故事，使原本复杂的赫德形象更显丰富，更有人情味，也在一个更加广阔的维度上呈现出了维多利亚时代的各种男女关系：夫妻关系、情人关系和朋友关系。

被称作赫德"红颜知己"的卡拉尔家族的第一代女性是玛丽·蒂芬的曾祖母艾玛·桑普森，一个来自德文郡的女子，她和第三任丈夫桑普森（一个领事治安官，也是一个植物学家，中文名谭顺）结婚后于1854年来到中国，三年后，"亚罗"号事件导致英法联军攻陷广州城，一个军方三人委员会掌管了广州城，从宁波调来出任委员会秘书一职的赫德，就此开始了与她一家长达半个世纪的交往。赫德在中国官场日渐位高权重，对她一家多有照拂，她的丈夫被聘任为隶属海关的广州同文馆英文教习。第二代的艾玛·卡拉尔，19世纪70年代中期曾暂住赫德北京的家里，当时赫德正是内外交困的时候，马嘉理事件导致中英关系紧张，赫德骑墙两下，他的妻子赫丝特不时给他添堵，他和赫丝特婚生的三个子女艾薇、布鲁斯、诺丽也都不省心。卡拉尔小姐这个青春女子的到来（另外还有一位是税务司吉罗福的夫人），成了这个四十岁的男子抑郁生活中难得的一缕亮色。他赞美她们的裙子漂亮，陪她们喝香槟酒，尽管倾慕和喜爱不时有所流露，但那段时间赫德的日记中丝毫看不到对她们的勾引，而只是引以为朋友后亲密的内心表白，当然还有在一个老男人心里激起的周而复始的情感与责任感的搏斗，但他最后终归明白，"喜爱并不等于情爱"。

艾玛·桑普森的儿子吉姆·卡拉尔（中文名贾雅格）在赫德的关照下也进入中国海关，先在广州海关包腊处任职，后又担任赫德的秘书。贾雅格的妻子弗朗西丝定期给赫德写信，事之如父。他们的女儿凯瑟琳·凯特——玛丽·蒂芬的姨妈——从一个小女生开始就与赫德保持着通信往来，她称他"教父"。直到长大成人、结婚出嫁，赫德还在送她们礼物。赫德写给这些年轻女孩的信中，谈天气、谈郊游、谈学校生活，有时也谈他的工作苦恼，语气轻松自如，偶作调侃，完全不同于他给同时代人留下的刻板印象。即便在1900年夏天被义和团围困在英使馆的日子里，赫德还是与他的女孩们保持着通信联系。

贾雅格死后，卡拉尔一家回了英国，这一家的女人们继续与赫德保持着通信。生活的拮据，与祖国的疏离感，使她们愈加怀念在东方的生活。赫德的复信一直是她们的最大安慰，直到1911年，回国后的赫德在白金汉郡的一处乡间别墅去世，曲终人散。

赫德在海关总税务司任上的四十八年，有人读作晚清中国的一部官场指南，或是一部成功的职场宝典。他的野心从未熄灭，时或纠结，却又总是踩在时代正确的节点上。而其人对于中国的真正意义，乃在于他是中国现代性转型的重要推动者，一个影响了中国近半个世纪的外来者。诚如赵长天先生当年传记的书名所说，这是一个"孤独的外来者"。他就像一个走钢丝者游走在东西方两个大国间，两边都是深渊，一脚踏空就会万劫不复，是以他的人生成了一种"骑墙"式的人生，不断地去调和，去弥合，去装裱，而在婚姻和家庭生活中，他也一直是个裱糊匠。

当他的心灵被孤独的荒草淹没时，当他因早年的情欲放任独饮生活这杯苦酒时，对这个位高权重者来说，唯有两样"鸦片"差堪安慰，那就是工作和女性。工作犹有竟时，而他所遭遇的那些平凡而优雅的女性，正是他灰暗人生中的永恒明亮，这也是他与卡拉尔家族的女性保持长达三代友谊的秘密。

阅读链接

[英]玛丽·蒂芬著，戴宁、潘一宁译：《中国岁月：赫德爵士和他的红颜知己》，广西师范大学出版社，2017年。

[英]罗伯特·赫德著，陈绛译：《赫德与早期中国现代化——赫德日记（1863—1866）》，中国海关出版社，2005年。

赵长天著：《孤独的外来者：大清海关总税务司赫德》，文汇出版社，2003年。

赵柏田著：《赫德的情人》，浙江文艺出版社，2022年。

一次旅行：从海明威到尤瑟纳尔

一

　　我看着春日雨中的广场和广场上的路易十四雕像。不远处的车窗玻璃映出了雕像，此刻进到我眼里的有两个路易十四像，一个实，一个虚。我跟着人群从波兰小镇来的中学生穿过凡尔赛宫后面的花园，此时已是正午时分，雨越下越大了。雨滴沾在车窗玻璃上，又齐刷刷地往后退去。它们追逐着，并吞着，那摆尾游动的模样就像一个奔跑的精子。透过窗玻璃上的雨滴，这个城市的某些内容被放大了。雨中的新桥、行人、街上骑自行车的人，一个缓慢的长镜头。车子开到巴黎圣母院门口，雨已经大得连车门都打不开了。坐在车上等雨停，听头顶的雨声响成一片。那些坐在街边咖啡座上的人们也都进店铺躲雨了。满世界的雨声中，一下亮出了各种颜色的伞和雨披，整条街都变得色彩斑斓了。

大团的云飞逝而过，雨停了，大街上雨水还在流淌，此时的阳光明亮得让人几乎不能直视。人们又三三两两走到了街上，塞纳河边的旧书摊在雨后又开张了。潮湿的街道，潮湿的风，这真是一座适合雨中欣赏的城。当我坐电梯登上那座巨大的 A 字形铁塔时，空气中已没有一点水意，塔上吹着大风，塔下是学习飞翔的鸟，更远处，河上跳跃的波光像是一块熔炼的金子。这炫目的、巨大的城市，这巨人的心跳！傍晚八点下塔，天光还大亮着，车子在乡间公路上奔驰，穿过一大片麦田，向着郊外的 Best Western 酒店而去。晚霞给路边建筑的外墙涂上了一抹红色，汽车发动机的嗡嗡声更显出周遭的静来。

一早起来，大团的云在田野上移动。我看见了彩虹，在大约五百米外的田野上，其下是麦地。我倒了一杯茶，点起一支烟，当我再转过身来时，彩虹不见了，窗玻璃被大颗的雨点撞得铮铮作响，明亮的周遭一下子变得模糊。

二

依然是下午八点半的太阳，依然是金黄的河流和房屋。船依次穿过市中心的几座主要桥梁，亚历山大三世桥、新桥、艺术桥。河边的巴黎人（或许也是与我一样的过客）在交谈，年轻人在亲吻。桥上的人向游船上的人招呼，两艘交错而过的船上的人们也在相互招呼。我想起托马斯·沃尔夫描绘过的新泽西州上两列交错而过的火车上人们欢声招呼的情景，心情突然变得美好。

"在亨利四世雕像的所在地，岛最终变得像一个尖尖的船头。"我还看到了当年海明威在《流动的盛宴》里描绘过的地方。早晨出门前我读的是这本书的一个章节："一个虚假的春季"。海明威说，他在巴黎这座城中时时感到饥饿，而饥饿时去美术馆看画，感官会变得特别敏锐。"这里什么都不简单，甚至贫穷、意外所得的钱财、月光、是与非以及那在月光下睡在你身边的人的呼吸，都不简单。"

十点钟，太阳终于落下去了。空气中有了凉意，半个月亮孤独地挂在几百米外的水塔边。这次在巴黎停留的三日，于一生只是弹指一瞬。但《仁王经》上说了，一弹指六十刹那，一刹那九百生灭，刹那是时间最小的女儿。我享受这刹那之美。

三

早晨出门时，田野上草尖的露水在初阳的照耀下熠熠闪动。沿日内瓦湖向东驶行一百公里，至西庸城堡。这一礁石上的古堡，地处意大利和法国之间的交通要扼，最早为11世纪时萨瓦家族的萨沃伊伯爵建造，19世纪后又重建。诗人拜伦游过此处后写下《西庸的囚徒》，至今尚有影印手迹。这里的每一个房间都是石室，推窗都可以看到湖。可以想象一下在石室里的生活：城堡主、瞭望塔、祈祷室、酒窖、小教堂、私刑室、夫人和小姐们。

湖边的小城蒙特勒，去西庸城堡不远，从这里可以看到湖对岸的阿尔卑斯山耀眼的雪峰。再从洛桑转至苏黎世，是夜，落住苏黎世边上一个德式小镇，街道不甚宽，却整洁。早晨起来发现已经下过雨了，空气异常清新，利马河水流湍急，此河向北七十公里进入德国境内，为莱茵河上游。我忽然明白乔伊斯晚年为什么迁居这里了，小说家喜欢的是这里的安静。听介绍说他死后也是葬在这里。

雨后的大街，偶见有轨电车驶过，人影寥寥。孩子们骑着滑轮车跑过，一个男人孤独地坐在路边长椅上。我总觉得这样的男人似曾相识。

然后就到了卢塞恩，去走了著名的廊桥。桥建于近七百年前，几经火灾，桥的梁柱上还残留着大火没有烧去的彩绘。桥建在堡垒的护城河上，桥边石塔，是引船舶入城的灯塔。这里给我留下至深印象的，除了廊桥，还有一座"雄狮之死"雕像。这座岩石雕刻的主体，是一头表情痛楚、哀伤的石狮子，纪念的是1792年法国大革命时期保卫巴黎杜伊勒里宫时为路易十六战死的瑞士雇佣兵，马克·吐温曾说它是世界上最哀伤、最感人的石雕像。而这座中世纪古城最美好的年代，则在19世纪初至一战爆发前，维多利亚女王曾多次造访这座小城。

四

从圣哥达大道穿越阿尔卑斯山，这是连接北部欧洲与意大利的一条通道。不时飘过大颗的雨点，车窗外云雾缭绕，这样的能见度，雪峰只能时隐时现。

从"两湖之间"的小城因特拉肯出发，坐齿轮火车上阿尔卑斯山少女峰，至半途，车窗外已大雪纷飞。这里是阿尔卑斯山在瑞士的最高峰，火车站的海拔三千余米。山顶风大，站在玻璃屋子里看雪，那雪好像是布景一般。

火车往返五个多小时，我看着山下的绿色渐变为风雪世界，又看着皑然的雪山渐变成森林和草坪，好在带了一本小书《马丁·盖尔归来》，可以不寂寞，小书写的是16世纪意大利一个"冒名顶替的丈夫"的故事。正义会迟到，但永远不会缺席，国内有学人据此写过一本《木腿正义》。我本来想把这本小书作为进入意大利的一次预习，但在摇晃的车厢里，我很快就读完了它。

五

穿过阿尔卑斯山腹地，往南到了意大利境内，一下就感受到了几乎没有遮挡的阳光的热力。每年从5月起，亚平宁半岛就很少下雨。米兰，我记得它以蓝得有些森然的天空为背景的那座哥特式教堂。达·芬奇曾在这座城市生活过很长一段时间，至今城中心还有他和弟子们的雕像。水城威尼斯，是在波河平原向着亚得里亚海的一片潟湖上，其下密植的木桩，托起了这座水上城市。眼前时常闪回的一个场景：一千多年前建城时阿尔卑斯山南麓的树几乎都被砍光了，那些高大的树木顺着波河涌向下游，几乎堵塞了河道。我沿着海滨大道前往广场，一场突如其来的大雨把我阻在了一家路边小店，直到我坐船离开水城，雨还没有止歇。晚宿于 Park Hotel，这是一处行宫式的私家庄园。房间高敞，地板嘎吱。晚上喝了点酒，在园内散步，夜空如洗，星子历历可数。酒店门口两棵枇杷树已结果，吃了两颗，如同老宅庭前那棵，味甚鲜美。

接下来到了佛罗伦萨。阿尔诺河穿城而过，带来丰沛的水汽，站在米开朗琪罗广场远眺老城区，河面是绿的，屋顶是红的，墙壁是黄的。我似乎有些明白徐志摩为什么叫它翡冷翠。一本美第奇家族的传记中，有过对阿尔诺河两岸奢侈之风的描述：一切有仆人保姆代劳，贵妇只管享乐。市政厅广场前骑马武士的雕像，就是美第奇家族第一代的柯西莫一世。乌菲齐美术馆展出的是这个家族14至15世纪的私家藏品。藏品多宗教题材，圣母圣子，皆有平常的喜乐，到了圣父，始见血腥与暴力。创作《维纳斯的诞生》的波提切利，似乎也画过但丁的地狱图，这些是被惊悚小说大师丹·布朗写入他的最新小说《地狱》里去的。但丁故居自然是必到的，小巷深处那间据说是但丁出生的屋子里，一束利剑般的天光照着一块暗色的石头，这块石头是来自炼狱吗？有炼狱之处必有救赎，巴洛克风格的圣母百花大教堂，白色墙体簇拥着红色屋顶，是我见过的教堂中最华丽的。

六

我发出第一个音节 RO，我的舌面再滚过一个音节 MA，我来到了这座阳光之城。罗马的天空是深蓝的。异常强烈的阳光碰撞在高大、厚重的巨石间，切割下一片片阴影。这里是奥古斯都和图拉真的罗马，这里也是奥黛丽·赫本和格雷高利·派克的罗马，那片圆形建筑下的街角就是派克骑着摩托车带着赫本飞驰而过的地方。我喜欢它建在七个连绵山丘上的老城，喜欢它门面窄小、长廊纵深的书店和街头随处可见的旧书摊，虽然我读不懂意大利文，但我习惯性地把一本本书打开又合拢。当我伫立在书摊边时，抬头就可以看到台伯河对岸的圣天使堡，看到河上的划艇和飞鸟，看到树荫下休憩的人们。

我的"罗马假日"就是这样展开的：先是在市政厅广场观摩一场天主教徒的婚礼，然后来到角斗场，在这里想象两种陈年的气味，看台上的香水味与斗兽场上的血腥味，两千年前罗马的贵妇们总是一边尖叫，一边把大腿紧紧夹住。我行走在连绵的山坡上，舒缓的坡度并没有让我有爬坡的吃力感。我走过圣彼得大教堂，这里有伟大的米开朗琪罗设计的大圆顶建筑和他二十四岁时创作的雕塑《哀悼基督》。我走过许愿池，看了罗马城的城徽：母狼和它生下的两个孪生兄弟。我坐车经过威尼斯广场和旁边的威尼斯宫，墨索里尼曾站在这里一家酒店的阳台上忽悠他的人民。我还看见了总统府广场上的警察和盘旋在空中的巡逻直升机，有人告诉我，法国总统奥朗德正和意大利总理蒙蒂在里面商讨如何应对欧洲经济危机。然后，车队开走了，警察也散了。这一日的白天快结束时，我正站在万神殿里，我身边的空气里游动着金色的分子，一束明亮的光线从屋顶的圆孔里斜射进来，似乎这束光来自公元1世纪前。

这个最强盛时连地中海都成为它的内海的庞大帝国，终于无可奈何地衰落了。我想到了爱德华·吉本在《罗马帝国衰亡史》里对之惊心动魄的书写。而在这个城市的最后几天里最让我感念的是一个叫尤瑟纳尔的法国女作家。在《尤瑟纳尔文集：哈德良回忆录》里，她唤醒一个古罗马皇帝重新开口，让这个伟大的暴君和情人说出他一生的感官回忆录。我曾写过一首诗献给她，以感谢她帮助我建立了小说的坐标。在那首诗里，我小心翼翼地赞美了她的头发、帽子、精致的脸，我说她是珍异的（"如同金饰的鸣禽"），同时又是冰冷的（"像13世纪的积雪"），这是我读了她的《东方奇观》《熔炼》后得出的结论。关于《哈德良回忆录》这本小说，她已经有很长的写作笔记交代了心曲，我认为她唤醒哈德良给马可·奥勒留写信倾诉，这一行为近乎"施展巫术"：哦，那宫廷里一夜夜的宴饮，金樽里的酒泛着细小的漩涡，弄臣们的歌喉太尖细了，姑娘们的裙子也太短了，却没有什么能燃起爱欲的火苗。

尤瑟纳尔准确地写出了一个权力崇拜者晚年时的无力，她把自己代入到了罗马城，也代入了一个垂暮男人的心灵。在这项长达几十年的工作里，她一直是在做减法，就好像拿着一把刀不断地删削自己，"削去乳房，露出胸骨，削去耻骨，露出黑暗"。

在罗马的最后一个晚上，我坐在西班牙广场附近的一家酒吧里，还在想着这个近乎自虐的作家。是的，她在我眼里已不仅仅是个女人，而是一个伟大的作家。我想象着自己有一天也会和她一样衰老，把自己雕刻得只剩下最基本层面的存在，几场疾病，再加几场欢爱，而把所有的力量都投入到美和艺术的创造中去。因为，"时光的守恒律对谁都一样"。

阅读链接

〔美〕欧内斯特·海明威著，汤永宽译：《流动的盛宴》，上海译文出版社，2020年。

〔法〕玛格丽特·尤瑟纳尔著，陈筱卿译：《尤瑟纳尔文集：哈德良回忆录》，东方出版社，2002年。

致薇依的四封信

西蒙娜·薇依,一个法国人,一个犹太人,一个极端的基督徒,一个"难对付的、暴烈的,又是复杂个性的人",一个三十四岁便死去的女人,一个有着近乎圣徒的个性的女性,一个为普通民众尤其是受压迫者——受人的邪恶与自私所压迫以及受现代社会的无名力量所压迫——反抗的热情斗士,一个个人主义者。我不知道这些修饰语是不是说清楚了西蒙娜·薇依是个什么样的人。托马斯·艾略特对伍尔夫的赞美审慎而小心翼翼——1941年,伍尔夫去世——她往自己的口袋里装满了石头,跳进了家附近的一条河里——艾略特写了一篇悼文,严肃冷静得像在伍尔夫的墓前做一场学术报告。在悼文的结束处,他才吝啬地称她为"伦敦文学生活的中心"。他们的共同的朋友说,

"（这篇文章）它那冷淡疏远的态度使人们感到吃惊"——艾略特对薇依却毫不吝啬，"深刻的洞见和光芒四射的原创力"，"一颗伟大的灵魂"，"一种均衡的判断"，"一种避免极端的智慧"，难以想象如此的溢美之词竟然出于挑剔的艾略特先生——"西蒙娜·薇依也许是个已成为圣徒的人。像一些已达到这一状态的人一样，她比我们众人有更大的障碍要克服，同时也有更大的克服它们的能力。"

第一封信

薇依，是十二月了，过了这个月好运气就会来

天堂没有冬季，我也省略了寒暄

吃着午餐肉和水煮鱼片我想起了你

你的胸膜炎是不是好些了，头痛病还常犯吗

是不是还继续做农活，在海边没完没了收割葡萄

是不是还把食品配给票分一半给囚禁的犯人

你孟浪的英雄主义把深爱你的父母折磨得不轻

你的苦行主义也让我觉得太过分了

薇依，对自己好一点

我知道你不愿在爱你的人心中占任何位置

因此我只在午餐时想你不完美结局的一生

我今年三十七岁，你永远三十四岁

我正踩着世间的污浊走向你

西伯利亚的冷空气，将在四十八小时后来到

我生活的城市，现在天是阴的

薇侬，天堂里会不会刮起冷风

昨天，我经常经过的一个街角

一个年轻女人的头被公交车轮子碾碎了

薇侬，我们称之为爱者

是否体内虚弱的藏身处

第二封信

你的善行就像蜜蜂向着花朵飞去

在你面前，我变成了牲口和尘土

神圣类似卑贱，最高相似于最低

反过来也一样，从此你上天堂

我也不在地狱

上帝的显身，不过是促使每一事物

寻求保持自己，或让自己强大的东西

圣洁是你的食粮，饥饿是艺术家的工作

性交是我的安慰，薇依，大路朝天

你的归你，我的归我，爱是你贫贱的标志

恶也不是我体内富余的力，不会转换成他人的苦

薇依，是时候了，你去做天堂的告密者

我去做生活的间谍

第三封信

在期待之中，你像一只被钉住的蝴蝶

一动不动，"一种不稳定的状态，

但是我希望上帝，不要拒绝接受我的忠诚……"

一个人的姓名，是知性与他自身之间的中介

薇依，你的名，是我与黑暗的中介

我渴望你，如同渴望水，并且死于渴

就像你念着主祷文，想着你在天上的父

你也是我反复聆听的音符，是坟墓，是野草

随上帝意志起伏的无数事物，构成的

大海里，我是枯枝，你是败叶

你说：想要面包，就不会得到石头

可是肉身！肉身就像一只受伤的鸡

由是我徜徉于恶，由是我验证虚无为何物

雷诺的工厂，给你烙下奴役的永久印记

办公室是我的失败之书，日复一日的耻辱

第四封信

一个游走在工厂区的哲学教师，她觉得，除非

自己成为工人，否则不能理解人与机器的关系。

于是她进了雷诺工厂，选择成为一个无产阶级。

无产阶级是一种心理状态，更是一种个人选择。

于是每天——

她蹲在火炉旁，把铆钉钉入成堆带孔的金属板。

用重型切割机切割铜条，用轻型冲压机钉铆钉。

她在零件上打孔，在又厚又重的桩墙上打孔，

用纸包裹钢帽，用小型手工机械将零件弯折。

"按机器要求的节奏工作"，不要过多触碰
火焰，尽量减少差错率。她告诫每一个同伴，
必须停止思考，这是唯一可以减轻痛苦的方法。
而可怕的槌击声，一天一天敲击着耳膜和脑袋。

和她同一车间的，有一个红棕色头发的女工，一个金
色头发的女工，一个高大的棕发女工，一个独自抚养孩子
的女工，一个得了慢性支气管炎的女工，一个三十七岁住
在父母家的女工，一个带着两个孩子和一个患病丈夫的螺
丝切割机女工，一个刚做过卵巢摘除手术的女工，一个因
毁了订单将要被解雇的患肺结核的女工，一个去过俄国的
老年女工（她对托尔斯泰很狂热），一个头戴发网的女工
（机器扯掉了她漂亮的一整束头发，可以看到她头上一大
片光秃）。

每天，她和姐妹们一起，在焦虑的钟声中起床，
去工厂上班。午休是一种撕裂，而下午总比上午漫长。
她们像奴隶一样干活，机器却总像一个沉默的谜。

"我没有看到其中力的平衡，所以我缺乏安全感。"

这里的男子也已被成功规训：一个戴着眼镜、充满魅力的仪表校准工，他已经成功撩到车间里的三个女工。一个背脊被晒黑的老锻工，老派的社会主义者，他的智力正因苦役急剧下降。一个在鼓风机与火炉的轰鸣中大声唱歌的运煤工，热衷于告密。一个年轻的装配工，带着一脸没有受过苦的人的天真，逢人便谈论他热爱的左拉。

"办公室作为协调机构是工厂的灵魂"，此一警句
写入《工厂日记》前，肯定是来自某位工厂主的训令。
这里是时间管理局，这里是未来和命运管理局，
被管控的时间令她恐惧，恐惧的还有一道道命令。

作为一个哲学教师，她唯一的特权是坐在房间铁床下，允许保留一块不被奴役的时间，背诵几句希腊小诗，想一想力学、数学与天文学，探究笛卡尔伟大的灵魂。

时间的铁索紧紧铰合，上一分钟与下一分钟的连接
都是在火中，都在向她索取身体和心灵的代价。

阅读链接

〔法〕西蒙娜·薇依著，王天宇译：《工厂日记》，上海人民出版社，2023年。

跋

　　作家是灯，作品是镜子，每一个读者都是通往经典的独一无二的道路。把这三者系连起来的，是世界。

　　作家、作品、受众和世界，这个稳定的架构，组成了文学创造、接受和传播的"小宇宙"。

　　本书中，这个"小宇宙"分别对应"犹在镜中""长灯短檠""林中小路"三个专辑。

　　第一辑"犹在镜中"是关于作品的，第二辑"长灯短檠"是关于作家的，第三辑"林中小路"是关于受众和世界的。每辑之间的分界不做严格区分，内容都在相互渗透。对作家、作品的感受和亲近，言人人殊，每个读者都带上了自身的经验，因此第三辑的文字显得更自由些，读者诸君可以看到个人阅读史的景深，看到外部事件（比如旅行）的进入，立场是人文主义的，而表达不妨是诗的。

这些文学的"共识"，睿智的读者自可以一眼看出它的源头，追溯到M. H. 艾布拉姆斯的《镜与灯》那里去。但我更想说的是，当一个时代的共识面临撕裂时，写作者所能做的，就是从文学共识出发，经由审美，逐渐达至关于理想生活和社会的共识。

感谢浙江文艺出版社把拙著收入"批评家"系列出版。感谢张恩惠、许龚燕这个年轻而敬业的团队，与她们的交流让我获益良多。